GW01085945

I Narratori / Feltrinelli

PAOLO RUMIZ
LA COTOGNA DI ISTANBUL

Ballata per tre uomini e una donna

Feltrinelli

© Giangiacomo Feltrinelli Editore Milano
Prima edizione ne "I Narratori" settembre 2010

Published by arrangement
with Marco Vigevani Agenzia Letteraria

Stampa Nuovo Istituto Italiano d'Arti Grafiche - BG

ISBN 978-88-07-01820-6

www.feltrinellieditore.it
Libri in uscita, interviste, reading,
commenti e percorsi di lettura.
Aggiornamenti quotidiani

razzismobruttastoria.net

In ricordo di chi ha portato il numero 184509.

Incoraggiate coloro che cercano
di tener vigile la vostra mente
tenete in serbo i loro pensieri
metteteli dentro una cassapanca
insieme ad alcune mele cotogne
così i vostri panni avranno profumo
d'intelligenza per un anno intero.

ARISTOFANE, *Le vespe*

Ma voi che ne sapete dell'amore

"Ma voi che ne sapete dell'amore,"
diceva sospirando il nostro Max
quando il discorso cadeva sul tema
della passione che il mondo consuma:
era quello il segnale che noi tutti
aspettavamo per prender coraggio
e chiedergli di raccontare ancora
della cotogna venuta da Istanbul,
una gran storia d'amore e di morte
che si giocò tra Vienna e Sarajevo
quando ebbe fine al centro dei Balcani
quella cosa che noi chiamammo guerra
e invece fu un imbroglio sanguinoso.
E visto che quella era la "sua" storia
e gli toccava parlare di sé,
Max cominciava prendendosi in giro,
forse per non creare aspettative
o magari spezzare l'incantesimo,
oppure per combattere, chissà,
la nostalgia che gli ardeva nel cuore.
E a quelli che alla fine gli chiedevano
con gli occhi lustri per la commozione,
dopo un'ora o anche due di ascolto,
per che motivo non l'avesse scritta
quella storia che ci mangiava l'anima,

rispondeva così: "Perché narrarla
ad alta voce è molto più bello.
Scrivere è cosa fredda, senza cuore,
un miserabile atto da notai,
il che va detto," spiegava, "con tutto
il rispetto per la categoria".
S'infervorava sovente e diceva:
"Non va letta da soli questa storia,
ma raccontata accanto a un fuoco acceso,
ad amici, bambini o forestieri;
è un mondo perduto pieno di voci
che il vento freddo si è portato via,
ma al quale voi potreste ridar vita
col suono rotondo delle parole,
passando il racconto di bocca in bocca
come nelle ballate di una volta".
Una sera che gli chiesi perché
non si fosse deciso perlomeno
a metter la memoria in cassaforte
prima che il tempo la spazzasse via,
insomma farne un libro, lui rispose:
"Sai quanta gente mi ha chiesto di scrivere
la storia della cotogna d'Istanbul?
So viele Leute, amico, so viele...
Ma io rifiuto, perché nell'attesa
essa lievita come una pagnotta,
si alimenta del suo stesso racconto,
attraverso i commenti di chi ascolta;
cresce anche di notte, con la lentezza
e con le insonnie della gravidanza,
diventa d'oro come una focaccia
nel forno a legna di un panettiere,
sempre più tonda, e cotta a puntino;
e può diffondersi finché coloro
che l'hanno sentita e poi raccontata

diventano una bella confraternita
anche senza conoscersi per niente,
formando quella che potrei chiamare
la Compagnia della Gialla Cotogna".
E poi aggiunse con un gran sorriso:
"E poi stai tranquillo, amico caro.
A fare quel libro ci penserà,
vedrai, qualcuno dopo la mia morte".

Ecco, è proprio quello che è successo.
Il nostro Maximilian se n'è andato,
anche se troppo presto, dalla vita,
e adesso che è trascorso anche quel giorno
in cui abbiam versato le sue ceneri
nell'acqua verdegrigia del Danubio
(c'era un sole salmone che nuotava
controcorrente dai colli e le brume
della Pannonia), posso finalmente
diventare notaio per trascrivere
quella storia che tanti hanno sentito,
storia bosniaca di sangue e di miele;
raccontarvi cioè fino alla fine
del profumo di un frutto leggendario
– forse ne avete sentito parlare
magari da qualcuno di passaggio –,
la cotogna, che ribaltò la vita
di un uomo forte, con una canzone
sentita da una donna a Sarajevo.
A questo scopo, io che l'ho ascoltato,
per farvi provare lo stesso brivido
le sue parole cercherò di usare
e riprodurre la sua cadenza,
così che la scrittura "miserabile"
somigli almeno un poco a quella voce.
Ve lo assicuro: anche a noi adulti

"Cammina cammina," quasi sembrava
dicesse, come un nonno ai nipotini;
lo so che non è facile da credere,
ma io qui ve lo posso garantire:
aveva un periodare irripetibile
simile a un passo lungo di pianura,
e il suo racconto sempre si fermava
sulla soglia del canto e della rima.
A chi vorrà obiettare di sicuro
che qui dentro c'è un poco di invenzione
risponderò con le stesse parole
che disse a me, guardandomi negli occhi,
con due birre sul tavolo tra noi:
"Perché vedi, qui dentro non c'è niente
che non abbia vissuto di persona,
ma il racconto, ripetuto tante volte,
unito al vostro ascolto appassionato,
ha lentamente trasformato tutto,
tanto che oggi non so più il confine
tra falso e verità nella mia storia".
E se passo al mio modesto ruolo,
tenete bene conto anche di questo,
prima di cominciare il vostro ascolto:
da questi eventi ho preso appena appena
quel poco di distanza necessaria
ad impedire di farmi coinvolgere
troppo oltre il limite dalla passione.

1.

Uscì dal villaggio col cuore in tumulto

Nevicava fitto a Vienna quel giorno,
il 7 gennaio del '97,
che Max, protagonista della storia,
ebbe da Strasburgo un telegramma
con l'ordine di andare a Sarajevo.
Cinquantacinque anni – quattro figli
e un divorzio alle spalle –, Maximilian
Altenberg, di professione ingegnere,
non poteva sapere che quel viaggio
avrebbe cambiato la sua esistenza
e che esattamente dieci anni dopo,
sempre a motivo di quella trasferta,
sarebbe morto lontano da tutti,
in circostanze non del tutto chiare,
nella stanza d'un hotel dai velluti
malandati color rosso bordello.
"Che ci vai a fare in Bosnia, la terra
dei lunghi amori e dei lunghi rancori,"
disse cupo al telefono suo padre
quando seppe di quella sua partenza
per le stesse montagne maledette
da cui era uscito vivo per miracolo
come fante della Wehrmacht nell'anno
millenovecentoquarantatré.
"Una missione breve," disse il figlio

senza dare importanza alle parole,
"e poi quelli hanno smesso di spararsi."
Era un bell'uomo sul metro e novanta,
nato la notte più corta dell'anno,
occhio freddo ma capace di accendersi,
grigi i capelli e naso aquilino.

Esiste una bella foto, scattata
il giorno del compleanno di Max
(lo si capisce da una Lienzertorte
con sopra il numero cinquantacinque)
dove il Nostro festeggia con i figli
nella Stube di una vecchia taverna.
C'è Andreas, di 25, che è il maggiore
Rafael di 24, poi Johann,
19, per ultimo Alexander,
che ne ha appena compiuti 17.
In primo piano una donna col Dirndl
che serve una frittata di cipolle.
Max non sembra il padre, ma il più vecchio
del branco; maschio adulto tra i fratelli.
Gli occhiali sulla punta del naso,
maglione nero senza la camicia,
sembra un tipo a suo agio nell'inverno;
gran bevitore di birra alla spina,
ha appena tracannato il suo boccale.
Andreas gli somiglia, stesso profilo
aquilino, e canta in allegria;
Rafael, più tarchiato e un po' stempiato,
è ben visibile in secondo piano
mentre condisce un tegame di Spätzli.
Johann è asciutto proprio come il padre:
un tipo serio che quando sorride
sa ipnotizzare chiunque lo guardi.
Alex ha guanti neri senza punte,

tormenta un bastoncino con la mano
e tiene gli occhi bassi sul suo piatto.

Max aveva preso il nome del nonno
di parte materna, uno che faceva
il commerciante di spezie e caffè
e aveva lavorato in mezza Europa;
ed esattamente come a costui
Vienna gli era noiosa, insopportabile
per certo zuccheroso perbenismo
cattolico. Dell'Austria in generale
detestava i gerani sui balconi,
li leggeva come un'esibizione
immotivata di buona coscienza;
così scappava alla prima occasione
seguendo la corrente del Danubio
e la rotta delle cicogne in cielo.
I Balcani li amava alla follia:
amava quei boschi e quelle donne
dal passo dondolante, amava i fiumi
e le fumose locande con musica
che dagli slavi del Sud son chiamate
col nome impronunciabile di krčme.
Era stato altre volte a Sarajevo,
al tempo della guerra jugoslava,
e il luogo gli aveva rubato il cuore.
Fiutava i suoi odori come un lupo:
gelsomino, caffè turco e albicocche
messe a seccare al sole; e poi polvere,
resina di foreste di montagna
e praterie bruciate dall'estate.
L'aveva vista per la prima volta
d'aprile, con la Luna, le montagne
innevate e la Miljacka scrosciante
nella gola tempestata di luci.

Fu nella notte in cui la maledetta
guerra di Bosnia cominciò, nell'anno
millenovecentonovantadue.
Nel ricordare quel momento, Altenberg
stentava a non mostrare commozione.
"C'erano," diceva, "raffiche ovunque
ma l'arcipelago di Sarajevo
si svelava ai miei piedi, favolosa
costellazione, un cesto di diamanti
nella caverna di Alì Babà."
L'amò subito, e fece la promessa
di esserle fedele fino alla morte;
e per porre un sigillo su quel patto
buttò nel fiume il basco che portava,
poi lo vide sparire sotto i ponti
verso la Sava, il Danubio e il Mar Nero
mentre il monte crepitava di spari.
In mille modi cercò di spiegarselo,
ma non riuscì mai a dire perché
già in quella notte stellata d'aprile
aveva sentito quella città
così sua. Certo fu che da allora
imparò a riconoscerla a occhi chiusi
dall'odore notturno dei camini
e dallo sferragliare dei tranvai.
Skenderija, Marindvor e poi Grbavica,
la sua mappa dell'anima era quella:
spesso cercava altre città soltanto
per tentare un paragone con lei
e poi concludere che Sarajevo
le conteneva già tutte. Alexandria,
Atene, Odessa, Vienna, Pietroburgo,
Budapest, e naturalmente Istanbul.

Ma torniamo all'anno novantasette
quando il nostro eroe venuto da Vienna

se ne tornò sulla strada di Mostar
per quella missione a guerra finita.
Era un umido inverno balcanico
e lui avrebbe dovuto esplorare
("monitorare," diceva l'incarico)
la vecchia No Man's Land della città
per progettare un nuovo ospedale.
Aveva appena preso un'auto a Spalato
quando, dopo appena un'ora di viaggio,
un pessimo presagio gli sbarrò
la strada, in un villaggio nella pioggia
sui monti deserti dell'Erzegovina.
Alleati malfidi dei bosgnacchi
erano i croati che controllavano
quella terra di pastori-guerrieri
con la croce di Cristo e la bandiera
a scacchi bianchi e rossi di Zagabria.
In un bar con la scritta "Bansko Pivo",
mentre pagava un panino al prosciutto
vide da una finestra due bambini
che sulla strada prendevano a calci
e tormentavano col temperino
un cucciolo di cane abbandonato.
La bestia piangeva ma, affamata,
si ostinava a cercare compagnia,
così Max corse fuori urlando "Stoj!
Toglietevi o vi ammazzo, deficienti,"
si prese in braccio il cucciolo affamato
e gli diede il suo pezzo di panino,
che venne divorato in un boccone.
I ragazzini se n'erano andati
deridendolo, ma dopo un minuto
da un cortile sbucarono due uomini
armati di coltello, poi puntarono

su Max che rifiutava di arretrare,
afferrarono il cane per le zampe
posteriori e gli aprirono la pancia
fino alla gola con aria di sfida.
Il più grosso dei due buttò la bestia
agonizzante ai piedi del tedesco,
e lavò le mani sporche di sangue
nella fontana davanti alla chiesa.
Nel paese era calato un silenzio
tremendo e Max con la coda dell'occhio
vide oltre i vetri gli occhi da Gorgona
della banconiera, sotto la scritta
"Bansko Pivo", mentre una neve umida
già ricopriva il luogo della morte.
Aspettò che quei pazzi se ne andassero
senza muoversi neanche di un millimetro,
ritornò lentamente all'automobile,
strinse forte le catene da neve
(guai se la sua fosse apparsa una fuga),
girò la chiavetta e pensò a suo padre
che sempre gli diceva di evitare
quelle montagne fatte per gli agguati.
Uscì dal villaggio col cuore in tumulto
e la voglia di uccidere qualcuno,
poi sulla strada del Lago di Jablanac,
percorrendo le ultime vallate
verso Sarajevo, vide che mai
in quella terra ci sarebbe stata
la pace necessaria e la città
altro non era che una donna inerme
in mezzo a bestie assetate di stupro.

La rivide scintillante nella sera
in un'azzurra livrea invernale;
ne aspirò con lentezza il profumo,

sentì l'odore acidulo di luppolo,
di faggio, pane turco, di grigliate,
fumo di sigarette senza filtro.
Sentì tutte le nevi dei Balcani,
e capì che di fronte al suo mistero
lui era soltanto una "buba švaba",
un nero scarafaggio di Germania:
švabe, cioè "svevi", erano chiamati
dai partigiani i neri battaglioni
del tedesco invasore in Jugoslavia.
Scese in silenzio, come un deltaplano,
lungo tracce di fango congelato,
tra buie foreste, all'aeroporto
di quella città strana senza acropoli;
sentì odore rancido di guerra,
guerra solo ibernata dalla pace,
rivide la grigia periferia
di Dobrinja e si sentì a casa sua,
non senza apprensione, lì sotto il monte,
a due passi dal nido del cecchino.
Vide la neve, camini fumanti
e tombe nuove in ogni spazio libero
a picco sul bazar della Baščaršija.
Presso il cimitero c'era un bistrot
appena inaugurato, con veranda
e grande vista sul ponte Latino
dove il duca Francesco Ferdinando
era stato ammazzato nel '14:
Max volentieri tornava lassù,
saliva sui selciati ripidissimi
di Bistrik, ad ascoltare le voci:
ma solo allora per la prima volta
sentì, distintamente percepibile
dentro la conca, nell'aria gelata,
lo scricchiolio della porta d'Oriente.

2.

Lei lo accolse sull'uscio a piedi nudi

A soli due giorni dal matrimonio,
la sera del 14 febbraio
del 1982,
Vuk Stojadinović, promesso sposo
della bellissima Maša Dizdarević,
strangolò una giovane prostituta
(così almeno ne parlò "Oslobodjenje",
il quotidiano più letto in città)
in una stanza con vista sul fiume
all'hotel Bristol di Sarajevo
e venne condannato a quindici anni
senza la concessione di attenuanti.
La gente di Bosnia aveva provato
guerre, stermini e separazioni,
non si meravigliava più di niente;
ma il delitto all'hotel fece notizia
e per dei mesi non si parlò d'altro
nelle botteghe, nei caffè e nei vicoli
della Mahala e della Baščaršija.
Erano la coppia più bella
di Sarajevo: lei viso da tartara,
occhi come grani di uva nera,
terza di una tribù di cinque femmine.
Ma chi non conosceva a Sarajevo
Maša, la figlia di Sanja e Muhamed,

eroi di guerra, entrambi medaglia
d'argento sul campo della Neretva?
E chi non avrebbe voluto giacere
per una notte con la bella figlia
dei partigiani che sulle montagne
avevano assalito senza scarpe
i battaglioni del Reich millenario?
Lui era alto, bello, biscazziere
e naturalmente sciupafemmine,
la sua famiglia era in città da secoli
e aveva prosperato col commercio
assicurando all'erede ricchezze
considerevoli e un'antica casa
sulla riva sinistra della Miljacka.
Eran diversi ma ciò nonostante
sembravano fatti l'una per l'altro.
Alle nozze senza preti né imam
era atteso il meglio della città,
e i musicanti avevano portato
gusle e tamburice montenegrine,
ottoni squillanti di Macedonia,
violini e armoniche dalla Vojvodina.
Lui era ortodosso, lei musulmana,
e questo all'epoca non importava
comunque a nessuno. La Jugoslavia
sembrava la nazione più felice
del mondo. Fatto sta che lei non ebbe
nemmeno un attimo di gelosia
e non rinunciò ad amarlo per questo.
Ai giudici Vuk disse: "La puttana
era pazza di me e mi ricattava,
minacciando di svelare una vecchia
tempestosa relazione fra noi,"
e spiegò che per questo aveva avuto
il suo minuto giallo di follia,

"Žuta minuta", si dice così
da quelle parti quando una persona
esce di testa, ma nemmeno Vuk
sapeva dire perché quel colore
servisse a definire la passione
quando esce dai binari del controllo.
Tutto fu inutile, e nel segreto
l'alta corte ignorò la spiegazione:
e qualcuno fu certo che la causa
della durezza verso l'imputato
fu l'invidia per la fama di Vuk
fra le donne più belle della Bosnia.

Quindici anni sono lunghi, la passione
di Maša ardeva e con essa la voglia
di avere un figlio, e dicono che un giorno
lei andò da lui col volto un po' teso
per annunciargli una cosa assai dura
anche per un ruvido bosniaco.
Disse: "Tu sei l'uomo della mia vita.
Devi esserne certo, ti aspetterò,
quando uscirai io sarò qui davanti.
Ma nel frattempo voglio dei bambini,
il mio albero deve dare frutto,
così, cuor mio, mi sposerò, ma solo
il tempo necessario ad esser madre.
Voglio un uomo che sia forte abbastanza
da accettare lealmente un patto simile".
Non volle dir niente Vuk Stojadinović,
piacente biscazziere e sciupafemmine:
sigillò quell'accordo col silenzio
e appena un anno dopo Maša bella,
chioma fluente color rame scuro,
testa dura come una partizanka
e volitiva come una bosgnacca,

si sposò con Duško Todorović,
fisico universitario, ed ebbe
due figlie da costui: Amra e Nadira.
Insieme vissero un tempo felice
in una piccola casa di Mojmilo,
ma lui nel letto spesso sospirava
pensando alla scadenza del suo patto.
Lei ascoltava il sommesso lamento
e certo non poteva consolarlo,
anzi gli diceva: "Lo sai che un giorno
dovrò lasciarti e tornare da Vuk?".
Così ripeteva, e intanto la Bosnia
se ne andava veloce alla catastrofe.
Erano in fiamme già Kosovo e Croazia,
ma era quello il centro maledetto,
la polveriera, tra Sava e Dalmazia,
della dissoluzione jugoslava.
I primi segni furono d'autunno
nel millenovecentonovantuno:
una sera di settembre i vicini
di casa Dizdarević, obbedendo
a un ordine venuto dall'Armata,
si misero a scavare una trincea
facendo credere intorno alla gente
che si trattava di una fognatura.
Ma il bello venne dopo il Bajram, quando
Mladen Novaković chiuse bottega,
Slobo Kukanjac lasciò la taverna,
il dottor Ljubo Burić si dimise
da primario psichiatra a Sarajevo
e tutti se ne andarono in montagna
nel villaggio di vacanza di Pale
a poca distanza dalla città.
Allora Muhamed il vecchio capì
che qualcosa si stava preparando,

e da buon partigiano iniziò
a fare scorta di cibo in cantina.
Ma poiché nessuno in città credeva
che la guerra arrivasse per davvero,
accadde che le figlie, accorgendosi
di quell'accumulo enorme di viveri,
presero il padre in giro al punto tale
che lui si vergognò e diede in dono
tutta la roba ad amici e parenti.
E questo fece, pensateci un attimo,
a soli cinque giorni dall'inizio
della guerra che l'avrebbe bloccato
a casa sua per quarantadue mesi,
tre anni e mezzo di freddo e di fame
separato da tutti i suoi affetti.

E lì il destino si mise di mezzo
per imbrogliare del tutto le carte:
nel '92, mese di maggio,
con Sarajevo già stretta d'assedio,
Vuk se ne uscì anzitempo di galera
perché mancavano uomini al fronte
e fu decisa la grande amnistia.
"Ehi, tu," gli ghignò sul muso un sergente,
passandogli un coltello e una pistola,
"ti chiami Vuk, e col nome che porti
farai presto a scannare quei maiali."
Vuk vuol dire "lupo", ma lui non disse
che con le mani non era capace
di uccidere per odio di un nemico,
ma solo per amore di una donna.
Quello stesso giorno la bella Maša
disse al marito "il tempo è venuto",
lo strinse forte, gli raccomandò
di occuparsi delle figlie e portarle

lontano il più possibile da lì,
perché la guerra sarebbe durata
forse degli anni, anche se nessuno
a Sarajevo ancora ci credeva;
baciò Nadira ed Amra senza piangere
e si spostò con tutte le sue cose
nella casa di gospon Stojadinović
in una ripida strada in selciato
poco sotto la fabbrica di birra
a due passi dalla linea del fronte.
Era una casa vecchia di due secoli,
tutta argenti e tappeti venerandi,
annerita dal fuoco delle stufe.
Cent'anni prima era stata di un turco
che, finito l'impero dei sultani,
era tornato alla sua Trebisonda,
ultima spiaggia in fondo al Mar Nero.

Dopo tre mesi Vuk tornò cambiato,
smagrito e devastato di fatica;
il suo sorriso allegro aveva preso
la piega obliqua e amara dei Balcani.
Lei lo accolse sull'uscio a piedi nudi
con un profumo di bucato fresco
che lui immediatamente riconobbe;
senza parlare gli slacciò le scarpe,
gli tolse via le armi e la divisa,
poi lo lavò in ogni angolo del corpo
con una spugna e un pentolone d'acqua
messo a scaldare sulla stufa a legna;
lo rivestì con abiti puliti
e gli mise sul tavolo per cena
una pita, un'insalata fresca,
del capretto e una tazza di kefir.
Come diavolo lei avesse fatto

a procurarsi tutta quella roba
in tempo di guerra, Vuk non osò
nemmeno chiedere, perché sapeva
che tanto lei non avrebbe risposto.
Solo dopo, quando l'ebbe servito
devotamente, Maša lo guidò
verso il suo corpo tremante di febbre
per un'attesa durata dieci anni
e lui le disse guardandola negli occhi:
"Non so cosa sarà il nostro destino
ma so che ti amo, Maša, da secoli".
Ed allora, còn grande meraviglia,
nel momento supremo della gioia,
lui vide – raccontò ai commilitoni
dopo il ritorno al fronte – una luce
violenta accendersi sulla testiera
del grande letto turco, era qualcosa
di simile a un'aurora boreale.
Anche se intorno le bombe piovevano,
gli bastò un giorno solo per riprendersi
e allora pensò che forse era valsa
la pena di aspettare tanto a lungo,
se la ricompensa della sua attesa
era l'amplesso di Maša Dizdarević.

Ma non durò molto il tempo dei baci:
Vuk ripartì per la linea del fronte,
e Maša rimase sola due volte,
perché nel frattempo Duško Todorović
se n'era andato a Mosca con le figlie,
lontano dalle bombe e dai cecchini,
con speranze fondate di un lavoro
– magari nella lontana Siberia –
grazie ai contatti con il Politecnico.
Vuk tornò a casa soltanto in ottobre,

dopo gli scontri furiosi sull'Igman.
E proprio allora il destino imbrogliò
le carte nuovamente: una sera
dolcissima – era il giorno 18 –,
dopo un bombardamento interminabile,
quando i mortai sembrarono tacere,
la scheggia d'ottone di una granata,
entrò in silenzio da una finestra
e Vuk il bello, soldato-biscazziere
che troppe donne aveva amato a Sarajevo,
colui che non aveva mai ucciso
per odio ma soltanto per passione,
con l'arteria recisa si svenò
in pochi attimi come un capretto
e scivolò dal divano al tappeto
senza dire nemmeno una parola.
Lei urlò "che succede, mili moj",
gli vide uscire un getto dalla gola,
uno zampillo color del rubino,
e in un istante per Maša la bella
dagli occhi come grani di uva nera
finì un amore durato dieci anni
d'attesa, non so se rendo l'idea,
e dieci giorni di libera uscita.

Qualsiasi donna al suo posto sarebbe
tornata dal marito e dalle figlie
(che l'avrebbero subito ripresa,
giuravano gli amici a Sarajevo),
ma non la bella Maša, che da allora
non si tagliò più i capelli ramati,
si chiuse nella casa veneranda
e ne divenne l'unica custode.
Vedova e divorziata al tempo stesso,
sul davanzale mise due lumini

poi smise di parlare dei due uomini
che avevano segnato la sua vita.
Col fronte lì a due passi e con le bombe
che cadevano intorno, cominciò
a sistemare le stanze una per una,
cucì tutti gli strappi del divano
fatto venire ai tempi di Franz Josef
da un noto tappezziere di Trieste,
lucidò l'antichissimo bacile
con cui lavare le dita degli ospiti,
meticolosamente riordinò
le tende del bovindo color senape,
le sciabole, le pipe e gli archibugi
che Vuk aveva avuto da suo nonno;
sbatté i tappeti venuti da Istanbul,
arieggiò le tovaglie della festa;
pulì ogni cosa, come per Qualcuno
che chissà quando sarebbe venuto,
o per le ombre che ancora certamente
a Bistrik abitavano quel luogo.
Di notte i pavimenti scricchiolavano
e lei, che pur dormiva col fracasso
delle bombe, di colpo si svegliava
a quegli impercettibili rumori.
Nel cortile al riparo dai mortai
aveva messo il suo orto di guerra,
carote, verze, lattuga e insalate;
sotto le scale aveva costruito
una gabbia per metterci i conigli;
il latte arrivava da una capretta
che un vicino lasciava pascolare
quasi sul fronte, tenuta a una corda.
Majka, la madre indiscussa padrona,
era la giusta parola per lei,
ma Esther, una vecchia amica ebrea,

una migliore ne aveva trovata:
balabuste, che nella lingua yiddish
vuol dire "la regina della casa".
Di quando in quando invitava i vicini
per un caffè con la zolletta e i dolci,
e poi hurmašice, pite e baklave;
offriva squisitezze memorabili
e mai nessuno comprese in che modo
avesse trovato quel ben di Dio
nel tempo più nero della miseria.
La guerra di Bosnia era fatta così,
la gente si aiutava assai di più
che al tempo, spesso insulso, della pace.

Ma a questo punto è giusto che vi dica
qualcosa delle origini di lei
prima di andare avanti con la storia.
Era nata, usava ricordare,
in un villaggio chiamato "la porta":
Vrata, al confine dell'Erzegovina,
messo, diceva, "izmedju dva brda",
in mezzo a due morbide colline
deposte dalla mano dell'Altissimo,
come per miracolo, in quel luogo
segnato da scarpate verticali.
Alla sua nascita, in casa non c'era
nemmeno un uomo, e nessuna donna
ebbe il coraggio di uscire da sola
a chiamare un'ostetrica o un dottore.
Così la mamma riuscì a partorire
una bimba girata per i piedi
solo con l'aiuto della vicina,
e quando Muhamed ritornò a casa,
trovò la bella Maša già sfornata
come un bel pane dalla stufa a legna

e le comari allegre che bevevano
tazzine di caffè turco fumanti.
Quando nasceva un maschio in Jugoslavia,
per buon auspicio il padre sotterrava
la sua migliore bottiglia di šljivovica
da aprirsi nel giorno del matrimonio.
Qui invece solo femmine nascevano
e toccava alla madre provvedere
a tutti gli scongiuri necessari.
Quando il cordone si seccò, Sanja
otto giorni lo tenne su una pianta
di biancospino, lo espose alla pioggia,
al sole e al vento finché non fu secco,
poi lo richiuse in un panno di lino
secondo un antichissimo costume
e lo ripose in una cassapanca.
Per andare a scuola, Maša con l'asino
attraversava un altopiano carsico
battuto dalle raffiche di bura,
ricco di risorgive, dette izvir
(oppure bunar, vecchio nome turco),
ma fratturato da gole e strapiombi.
Così doveva sempre stare all'erta
per non precipitare nel burrone,
che nella lingua di quei luoghi duri
porta il nome terribile di ponor.
Lungo la strada con altri bambini
cantava sempre per vincer la paura;
in tasca teneva un po' d'aglio e basilico
e una sua scorta di hajdučka trava,
l'erba magica che portava il nome
degli Aiduchi, indomabili briganti
che assaltavano ricche diligenze
ma siccome nel fondo erano buoni

proteggevano la gente comune
dai soprusi di Turchi e Veneziani.

Leggeva molto la piccola Maša,
specie nei lunghi inverni d'Erzegovina
quando i lupi ululavano sui monti.
Con i suoi genitori partigiani
aveva assai poca confidenza;
ogni mattina assieme alle sorelle
davanti al padre doveva sfilare
come un soldatino, per il controllo
del grembiule di scuola e del vestito,
ed eran botte se questi non erano
puliti come quelli di un giannizzero;
nessuno in città doveva mai dire
che le figlie di Muhamed Dizdarević
avevano qualcosa fuori posto.
Poi fu il trasferimento a Sarajevo,
il colpo di fulmine per Baščaršija,
il serraglio, i ponti e le botteghe
profumate di spezie e pane buono.
Aspirava il profumo dei caffè
e l'odore un po' aspro dei camini
che ristagnava in mezzo alle montagne.
Maša occhio tartaro e femori lunghi,
zigomi da contadina caucasica,
diventata bella (ma senza saperlo,
perché faceva vita da maschiaccio),
con i pionieri esplorò le montagne,
salì l'Igman, la selvaggia Bjelašnica,
e sulla Jahorina tenebrosa,
ancora con un po' di neve intorno,
battendo i denti nel suo sacco a pelo,
fu iniziata all'amore da un docente
di geografia più vecchio di lei,
che in quel viso, nell'attimo supremo,

fu folgorato dal segno divino
di un luminoso strabismo di Venere.
Testa dura, era austera e selvaggia,
i maschi andavano pazzi per lei,
perché era di bellezza inaccessibile,
odalisca e brigante nel contempo.
"Maša" scrivevano su molti muri,
e tutti sapevano a Sarajevo
che si trattava di Maša Dizdarević
dagli occhi come grani d'uva nera.

Ah, che mistero aleggiava in Baščaršija,
nonostante il rimbombo dei cannoni,
sulla donna solitaria di Bistrik!
Fu specialmente quando lei decise
di aprire ai bambini della città
la sua casa in collina per dar loro
quella scuola che in guerra era mancata.
La donna dai lunghissimi capelli
divenne così la loro maestra:
li faceva sedere sul tappeto
e lì mostrava tutto il suo sapere.
Calligrafia, tabelline, grammatica
e pure qualche nozione d'inglese;
ma quello che davvero le importava
era insegnare le buone maniere,
l'antico galateo di Sarajevo,
le regole dei gradjani, cioè
i cittadini: insomma il contrario
dei seljaci, i gonzi dei villaggi
che qualcuno aveva imbottito d'odio
e ora sparavano contro la città.
Diceva ai ragazzi: "Guai se credete
che qui c'entrino serbi e musulmani.
Chi ci bombarda sono i primitivi,

quelli che ignorano il gusto del vivere
e non sanno il sapore celestiale
del caffè con lo zucchero in cristalli".
"Abbiamo," diceva, "un modo solo
di vincere la guerra: conservare
le abitudini dei nostri antenati."
Così insegnava a usare il macinino,
quello manuale a cilindro d'ottone;
a sciogliere il caffè con la lentezza
necessaria attraverso una zolletta
deposta con perizia sul palato.
Spiegava come ricevere gli ospiti,
come presentarsi agli sconosciuti,
usare l'uva passa con le mandorle,
far le condoglianze e anche servire
a tavola pietanze sminuzzate
per le quali non fosse necessario
l'impiego del coltello maledetto.
Per una retta ridicola c'erano
per tutti anche la zuppa e un po' di pane,
così i bambini venivano sempre,
passando rasente ai muri di Bistrik
per evitare il colpo del cecchino,
venivano tutti a imparare i riti
della guerra di resistenza al Male
dichiarata dalla bella Dizdarević,
la figlia di Muhamed partigiano.
Di tutto questo, Max, naturalmente,
nulla sapeva il giorno del suo arrivo
a Sarajevo il 12 gennaio
millenovecentonovantasette.
E tantomeno poteva sapere
che cinquant'anni prima i loro padri
s'erano sparati senza conoscersi
nella battaglia sul fiume Neretva.

3.

Occhi come grani di uva nera

Era di sera, e tutto era viola,
con un fine pulviscolo dorato
che ristagnava negli avvallamenti
di Hrid, Ciglane, Kovači e Skenderija
ancora coperti di neve fresca,
quando Max svoltò da Kutlna bana,
traversò il ponte Latino e salì
dal Bistrik Potok verso una stradina
ripida in selciato. "Dai, accompagnami
stasera, che vorrei farti conoscere
una vedova molto interessante,"
gli aveva detto Alessio, un amico
che ben sapeva orientarsi nei vicoli.
Aveva detto "vedova" e non "donna",
apposta e con malizia nella voce,
e Max seccato gli aveva risposto
"You are a bloody Italian," sei il solito
cascamorto latino impenitente.
Fu allora che un fascio giallo di luce,
sparato da un portone che si apriva,
tagliò di colpo la salita buia
e illuminò una femmina che usciva
forte e nervosa come una puledra.
D'un tratto lui la vide affascinato
inchinarsi in avanti quasi a squadra,

scuotere forte la chioma disciolta,
poi proiettarla con forza all'indietro
aprendo a ventaglio i lunghi capelli
che ricaddero soffici di schiena.
Mentre dava le spalle ai forestieri,
le mani si congiunsero alla nuca
(la destra aveva stretto una forcina),
raccolsero quel fiume in un bel nodo
tra le conchiglie bianche delle orecchie
e scoprirono un collo da regina.
In Bosnia la neve è gialla al mattino,
di un bianco abbacinante a mezzogiorno
e rosa la sera, se l'aria è limpida
sui monti dalle parti della Drina,
ma quel giorno la città aveva preso
i colori dorati della Grecia
apposta per celebrare le belle
spalle tornite di Maša Dizdarević.
Guardandola, l'austriaco scherzò
con se stesso e l'amico che saliva:
"Se è quella lì, dann hat es mich erwischt",
il che vuol dire "io sono fregato".
E non aveva la minima idea
di quanto quella frase fosse vera.

"Buonasera," gli disse, "sono Maša,"
con una voce roca da contralto,
e quel nome fu come un talismano,
cabala, ansimare di dervisci,
un lento sciabordio sul bagnasciuga;
nel corridoio, odor di patate,
legna di faggio, crauti a macerare;
poi, giù dalle scale, scese il profumo
della tavola da pranzo imbandita,
mele al forno, timballo con la carne,

aglio, kajmak, l'amaro del kefir.
Gli ospiti vennero fatti sedere
come pascià mentre lei li serviva
silenziosa, solo un motto ogni tanto,
facendo la spola con la cucina
e con lo sfrigolio della cipolla.
C'era nel fondo buio della sala
un divano ottocentesco arrivato
(come diceva una stampigliatura)
via mare da Trieste a Mali Ston,
e quando ebbe finito di mangiare
Max vi si acciambellò come un gattone
per fumarsi il suo sigaro in penombra
e carpire il segreto da lontano
di quel profilo forte, quasi ossuto,
fatto di sopracciglia, naso e zigomi
che presi ad uno ad uno erano tipici
di una contadina, ma nell'insieme
emanavano una dolcezza mite
ed una nobiltà da gran signora.
Invece di inforcare gli occhiali
– il vetro rigato delle sue lenti
avrebbe messo come secoli tra i due –,
ne fece a meno per toglier di mezzo
ogni barriera tra sé e quella donna
e lasciare solo l'aria di cristallo
a far da telescopio tra di loro.
Così scoprì, dal suo modo speciale
di sfiorare gli oggetti sulla tavola,
una combinazione sconosciuta
di sensualità e di autocontrollo,
di forza contenuta e timidezza,
fierezza femminile e devozione,
abbinamenti impossibili in Austria,
paese che, ahimè, considerava

troppo inibito e pieno di complessi
per esprimere femmine speciali.
Lei ascoltando teneva le mani
rivolte a sé, all'altezza del seno,
come in un bel cammeo d'avorio antico;
ma ciò che ti colpiva soprattutto
era la meraviglia della pelle,
ben liscia come un ciottolo di fiume
profumato di biancheria pulita
e con un retrogusto di limone.
Gli parve un bell'incrocio di Grecia
e Tartaria, con accanto qualcosa
che veniva dal mondo sefardita.

Maša portava un bracciale di rame
con sopra inciso un numero: spiegò
che con quello era morta nonna Ljuba
nel campo di sterminio di Jasenovac,
per avere aiutato i partigiani
con spedizioni di farina al fronte.
Non si passava lì per il camino
come ad Auschwitz. Ti buttavan nel fiume,
nella Sava che poi sputava i corpi
nel Danubio, ai piedi di Belgrado,
e oggi quel posto lì nella pianura
è segnalato a distanza da un fiore
di cemento a memoria dei Caduti.
Nonna Ljuba era stara partizanka,
e Maša aveva soltanto di lei
una foto, così s'era risolta
di incidere quel numero sul rame;
uno otto quattro cinque zero nove,
un geroglifico dall'altro mondo,
"jedan osam četri pet nula devet",
quasi un prefisso per parlare al cielo.

Fu così che Max poté indovinare
il mondo duro di quella famiglia,
gli inverni freddi, la muta pazienza
delle femmine, padrone del fuoco
come quelle di Grecia e di Calabria,
l'andatura asimmetrica dell'asino,
la nenia del muezzin, la tramontana
che soffia senza sosta nel camino.
Max ascoltava in silenzio, rapito,
e Maša continuava la sua storia
mentre fuori brillavano le stelle.
Nonno Omer, il marito di Ljuba,
dopo la guerra commerciò in legnami
tra Polonia, Ungheria e Germania Est,
restando anni lontano da casa.
Se ne tornò all'improvviso una sera;
una donna lo vide camminare,
come un automa verso casa sua;
la voce corse, e tutti si chiesero
che cosa avesse in mente il vecchio Omer.
Dopo tre giorni la gente del posto
vide un cerchio di aquile sul monte
e corse a vedere. Lì c'era il vecchio
agonizzante, che aveva voluto
tornare a casa solo per morire
senza avvertire nessuno, sui monti
bruciati dal sole della sua patria.
Lo portarono a valle giusto in tempo
per evitare lo scempio del corpo.
"Qui abbiamo tutti storie terribili,"
disse Maša alla fine del racconto,
e sembrava che volesse riassumere
quella leggenda in un giro di stelle;
ed eran quelle, con in testa il Carro,
che stavano migrando quella notte,

lente come un gregge sopra il Trebević
che scintillava di candida neve.
Mostrò la sua famiglia, le sorelle,
in una foto di gruppo a Belgrado
scattata poco prima della guerra.
Da sinistra, in ordine di età,
Selma, Jasna, Maša, Azra, Naida,
e per ultimo il fratello Kenan;
poi, davanti, Sanja matriarca,
sguardo severo, accanto a Muhamed,
occhio ironico, con un libro in mano.
Erano tutti vivi, ma la guerra
li aveva dispersi: Azra era andata
a Francoforte, Jasna a Montréal,
Selma in Italia, l'irrequieto Kenan
a Irkutsk in Siberia, e Naida,
la più piccola, studiava a Belgrado.
Dopo quattro anni di fame e di paura,
il vecchio era rimasto a Sarajevo
per "non mollare la sua posizione"
e finalmente scrivere le sue
memorie di soldato partigiano.
La vecchia Sanja intanto era filata
all'estero da una delle figlie.
Una diaspora, questa dei Dizdarević,
con dietro la figura gigantesca
di Ljuba, partigiana di buon cuore.

Altenberg ascoltava affascinato
e mentre lei macinava il caffè
intuì nel suo viso il portamento
dei cavalieri erranti di Sarmatia,
vide le sopracciglia degli armeni
ma ben distanziate rispetto al naso;
e quando Maša arrivò fin da lui,

per porgergli la tazza e la zolletta,
emanò dalle scapole un profumo
così buono che Max si rese conto
di essere perduto, e che resistere
era insensato, e lui che era un vecchio
pesce di mare, improvvisamente
sentì il richiamo forte del salmone
verso le fredde sorgenti natie.
Quando uscì, in silenzio la farina
stava cadendo lenta, turbinava
sopra i tetti sfondati dalla guerra,
sulle tombe, la fabbrica di birra
ed i suoi pini schierati sul pendio
in alto verso la linea del fronte,
e quando lei salutò sulla porta
Max vide che in un attimo la neve
le aveva ingrigito i lunghi capelli;
in lei fiutò un impasto balcanico
fatto di sangue e di miele, di polvere
e gelsomini, come le magnifiche
donne descritte dal conte Potocki
nei suoi lunghi viaggi in Asia Centrale
tra i secoli diciotto e diciannove.
Scendendo al fiume poi si rese conto
che Sarajevo era precipitata
in un freddo da steppa siberiana
e gli unici passanti nelle strade
erano inquilini delle macerie
che erravano abbaiando nella notte
chiusi in branco per farsi compagnia.

Nel dormiveglia lo perseguitò
quel nome fatto di acqua e di vento,
pensò a praterie, poi verso l'aurora
vide in sogno gli antenati di lei.

Prima un ussaro che a inizio Ottocento
si innamorava di una cameriera
di Varaždin venuta dalla Bosnia;
poi un ebreo venuto dalla Spagna
che affidava i libri sacri a un mullah
prima di un viaggio d'affari in Italia;
vide ancora nel lungo dormiveglia
bagliori di turchesche scimitarre
in marcia polverosa verso Vienna,
e ancora i dignitari del sultano
insieme a zappatori di Belgrado
e cavalieri di ascendenza tartara
attorno al fuoco dei loro bivacchi.
Max l'indomani non seppe resistere,
volle chiamarla al telefono e chiederle
di portarlo a vedere la città;
lei gli diede appuntamento sul fiume,
poi gli fece strada verso il sobborgo
di Skenderija, poi salì a un vecchio pozzo
e da lassù gli mostrò Sarajevo
giù nella conca splendente di neve.
Mise poi l'indice davanti alla bocca
e disse che era tempo di tacere:
Max capì subito, poi chiuse gli occhi,
aspettò che il silenzio si riempisse
di suoni e lentamente cominciò
a sentire una voce dopo l'altra:
prima, lontana, una lite di donne,
l'abbaiare di un cane, poi un clacson,
una tromba sotto l'Holiday Inn,
il tram, il vociare di Baščaršija,
il cigolio di una teleferica,
l'appello dei soldati a Marindvor.
A chi ha l'orecchio buono, Sarajevo
restituisce secoli di suoni:

il colpo di Gavrilo Princip contro
l'arciduca Francesco Ferdinando,
il tapum del cecchino, il rimbombo
dei mortai, i cingoli della Wehrmacht,
il crepitare del rogo dei libri
dentro la Biblioteca nazionale.
E molte cose Max sentì ascoltando
la Miljacka scrosciare nella gola:
rintocco di campane, salmodiare
di ebrei, il cupo bordone dei serbi;
lo può ben dire chi l'ha conosciuta:
era Gerusalemme poca cosa
rispetto all'armonia di Sarajevo.
Disse Maša: "Ancora qui si celebra
la vittoria del luogo sulle stirpi"
e lo condusse oltre la linea d'ombra
nei posti che la guerra aveva chiuso
agli occhi degli umani. Se ne andarono
in silenzio, la neve scricchiolava
sotto le scarpe, poi scese la sera,
e in una strada grigia di Grbavica
dei mendicanti stavano in silenzio
attorno a un grande fuoco di fortuna
facendo schioccare forte le labbra,
soddisfatti, al passaggio di mano
di una bottiglia di rakija alle prugne.
Davanti a una taverna di Skenderija
due accanitamente si baciavano,
e intanto era tornato a nevicare
sulle macerie vestite da sposa.
In silenzio andò dietro a quella donna,
come un tempo Orfeo nell'aldilà
alla ricerca della sua Euridice.
Vide in lei un abisso, un burrone,
come nel grembo nero di Persefone,

ma cosa fosse non seppe mai dire.
C'è un'ombra in fondo alla felicità,
quel tuffo al cuore che spesso si sente
davanti ai tramonti, e Max provava
esattamente questa sensazione
seguendo nel buio Maša Dizdarević.

Due giorni dopo lo portò a vedere
la fortezza, dove il fiume viene fuori
dai monti di Romanija per entrare
con due meandri dentro la città
poco oltre un malandato ponticello.
Salì sopra gli spalti ed indicò
a Max i quattro punti cardinali.
Disse: "Da oriente viene Sarajevo,
dalle pallide terre dell'aurora,
dalla buia gola dove spumeggia
la Miljacka selvaggia giù da Pale.
Il cuore antico sta qui, si rinserra
con il castello e il mercato alle rocce
da dove viene il sole, e non soltanto:
da quella direzione benedetta
venne un tempo anche la fede, che fosse
islamica, ebraica o musulmana.
Ma ora, mio caro, tutto è cambiato:
ora da lì viene solo la morte,
portata da chi nel nome di Dio
anche il cielo vorrebbe fare a pezzi
con reticolati e lasciapassare".
Alludeva ai fanatici sul monte:
anche loro da oriente eran discesi
per riempire di bombe la città
nella guerra ch'era appena finita.
Gli spiegò che le tombe musulmane,
guardando verso est, eran costrette

a guardar fisso il nemico negli occhi
con un gesto di sfida vittoriosa.
Poi Maša si girò verso il tramonto
e la piana brumosa dove erompono
le fatate sorgenti della Bosna,
e gli disse: "Per questo Sarajevo
ai bei tempi dell'aquila bicipite
è cresciuta, guarda bene laggiù,
da una parte soltanto, l'occidente,
direzione non chiusa da montagne,
e per questo chi prende quella strada
senza saperlo viaggia anche nel tempo".
Lui guardò bene e vide che era vero,
lungo il corso del fiume rettilineo
come in un vecchio libro si leggeva
tutto il "Romancero" di Sarajevo:
all'inizio la fortezza dei Turchi,
poi il bazar e le casette antiche,
la biblioteca, la dolce Skenderija,
i palazzi voluti dagli Asburgo,
le scalette tortuose sino al fiume
e il ponte Latino dell'assassinio
che chiuse la stagione della pace.
Lei disse: "Da nessuna parte puoi
capire meglio il destino d'Europa",
e gli indicò, ancora più lontano,
il quartiere olimpico, la città
della grande fratellanza universale
dove era morta l'ultima illusione
verso le case attorno all'aeroporto
crivellate dai segni di Armageddon.

Nelle belle domeniche di neve
Sarajevo tornava con prudenza
sui luoghi della guerra maledetta,

e così un giorno Maša con l'austriaco
salirono anche loro per le strade
ripidissime in pietra, tra legnaie,
panetterie, botteghe di stagnini,
minuscoli caffè, moschee grondanti
azzurri lumini come dei presepi.
In alto, nella neve luminosa,
sotto la Treskavica mille volte
presa, e altrettante volte perduta,
il fumo in controluce di comignoli
e donne in processione ai cimiteri;
in mezzo alle macerie ed ai cartelli
con sopra scritto "Attenti alle mine".
Andarono in corriera fino al monte,
poi Maša fece strada in mezzo al bosco,
vestita di nero in tanto splendore;
giunse a un faggio enorme che non vedeva
da prima della guerra, e sul tronco
trovò un graffito lasciato da Vuk.
Sulla dura corteccia c'era scritto
"Ljubičica", che è il nome tenerissimo
di un piccolo fiore di primavera.
Non pianse, la fiera Maša Dizdarević,
e invece raccontò una vecchia storia,
di due vergini amiche sventurate
innamorate dello stesso uomo,
che per non farsi torto si buttarono
da una roccia a nord-est di Sarajevo,
oggi chiamata Roccia delle Vergini.
Dall'altra parte, verso la Bjelašnica,
mostrò la valle percorsa d'inverno
dalla prima Brigata proletaria
nella marcia forzata contro i panzer
mandati a ripulire le montagne.
Nel folto del bosco il bus attendeva,

motore acceso e puzza di gasolio;
li prese a bordo, partì traballando,
lei si addormentò, cercò la sua spalla
per avere un cuscino, mentre il bus,
scendeva sballottando i passeggeri
verso valle nel tramonto di prugna,
poi si accoccolò, chiuse gli occhi e disse:
"Che strano, da te mi sento protetta,"
indispettita di dover ammettere,
lei partigiana, che quella sua spalla
di straniero le dava sicurezza.
Lui non si mosse più, nulla doveva
turbare quel momento alla vigilia
della sua partenza, ormai decisa
e non più rinviabile, per Vienna.

L'ultima sera la invitò a cena,
in un locale chiamato Ragusa;
lei arrivò con un nero colbacco
di pelliccia, più splendida che mai,
e quando lì sul tavolo rimasero
soltanto due candele e due bicchieri
di vodka fredda pieni fino all'orlo,
lei gli pose, fatale, la domanda,
cioè se conosceva le sevdalinke,
le canzoni d'amore della Bosnia.
Lui disse no, ma che avrebbe amato
ascoltarne da lei almeno una.
Allora lì, in mezzo ai commensali,
Maša cantò, e a Max la voce apparve
dolce come campana della sera.
Cantò nella sua lingua la struggente
tristezza dei distacchi che i balcanici
adorano ogni tanto condividere
con chi accetta di bere assieme a loro.

C'era un lamento, spesso ripetuto,
nella canzone, ed era lo stesso
che lui aveva sentito anni prima
sotto le muraglie di Diyarbakir,
nere muraglie di disperazione
sulla strada del Caucaso ventoso;
diceva aman, che vuol dire "ahimè"
ma non soltanto; evoca anche diaspore,
lo sgomento del pastore nei pascoli
piallati dalla neve in Anatolia,
lo smarrimento dell'uomo indifeso
davanti al sultano o l'imperatore.
Il resto non capì, ma non importa,
la canzone dev'essere ascoltata
soltanto nella lingua originale;
quindi sappiate, voi che qui ascoltate,
che quello che ho tradotto dal bosniaco
riproducendo il ritmo in otto sillabe,
è solo un imbroglio, un tradimento
di quello che Max sentì per davvero
davanti a quella donna che cantava.

Fu l'amore fra due giovani
per un mese per un anno,
quando chieser di sposarsi,
di sposarsi aman aman,
i nemici disser no.

S'ammalò Fatma la bella
figlia unica di madre:
per guarir mi porterai,
lei gli disse aman aman,
la cotogna d'Istanbùl.

La cotogna andò a cercare
fin nella città imperiale
ma tre anni lui sparì,
per tre anni aman aman,
per tre anni niente più.

Tornò alfine con la mela
ma trovò il suo funerale.
Gridò a tutti di fermarsi:
vi darò tutto il mio oro
se baciare la potrò.

Quando la bella Maša ebbe finito,
nella locanda rimase sospeso
un silenzio che Max non si aspettava;
quando vide che tutti lo guardavano
capì che quel silenzio era soltanto
l'ultima nota di quella canzone.
Qual era il titolo, lui domandò,
e allora lei rispose: "*Žute dunje*
iz Stambola," che vuol dire "Le gialle
cotogne d'Istanbul", una sevdalinka,
una di quelle cose disperate,
emulsioni di nera malinconia
che il Danubio soltanto sa produrre
quando sfiora queste montagne buie
che i Turchi dominarono per secoli
con il pugno di ferro del visir.
Restò in silenzio lui ad ascoltare
e non avrebbe scambiato quella sera
di sguardi con una notte nel grembo
della più bella fra le donne al mondo;
e siccome la vodka lavorava,
uscendo dal locale chiese a Maša
di ballare nella piazza deserta

sotto la neve che scendeva piano:
e quando lei gli disse "perché no?"
lui le fece un inchino da soldato,
poi si mise sull'attenti e partì
piroettando sopra l'asfalto rotto
dai mortai e imitando con le labbra
le trombe e i violini di *Gold und Silber*,
popolarissimo valzer viennese
degli anni più belli dell'Austria Felix.
Il freddo immobile della Balcania
sembrava aver cristallizzato l'aria,
e loro si avvitarono, lasciando
le orme strascicate sulla neve,
ballarono, con la morte nel cuore
per il distacco, ormai imminente,
e insieme a loro entrarono in un vortice
i quartieri di Sarajevo: Bistrik,
Mojmilo, Vraca e Alipašino polje,
e poi, tutto intorno, il Monte Igman,
la Bjelašnica e la bella Treskavica
inghiottite dal cielo color anice
intorno al nero colbacco di lei.

Dalla sala partenze in aeroporto
guardò la neve oltre le vetrate
e si accorse che stava coniugando
nella sua vita per la prima volta
il verbo inammissibile "mi manchi".
Tornava a casa portandosi dietro
quel nome che era come sciabordio,
un sussurro di mare sulla sabbia;
volò sulle montagne ripetendo
la canzone della mela d'Istanbul
e passando sulla Sava sentì
ripetute esplosioni sotto il cuore;

qualche migliaio di metri più in basso
si aggrovigliava la mappa dei popoli,
la muscolatura delle montagne,
al punto che potevi percepire
il conflitto dei mondi e degli imperi.
Addio radure candide di neve;
la notte inghiottiva i villaggi sparsi,
la trina sottile dei boschi di faggio
e i colli color groppa di cavallo.
Poi furono le luci di Zagabria
come un enorme segno zodiacale.

4.

E una sera di neve in un motel

Già un nuovo inverno bussava alla porta
con il suo pastrano da granatiere,
e una sera di neve in un motel
pieno di camionisti, Max si accorse
che un anno era passato da quel giorno
memorabile in cui aveva visto
la figlia di Muhamed partigiano
sciogliere la lunga chioma ramata
davanti all'uscio della sua casetta.
Altenberg l'aveva cercata a lungo
dopo quel viaggio fatale, ma Maša
era sparita senza lasciar traccia;
di lei era rimasta solamente
la voce registrata, che diceva
"Leave a message", e poi un fischio lungo
nel telefono. Ma quel giorno in viaggio,
preso da improvvisa nostalgia,
Max ebbe il desiderio di sentire
almeno quella frase registrata
con un tono un po' roco da contralto.
Un colpo improvviso di tramontana,
spolverio di cristalli, poi la Luna
passò di corsa tra le nubi e Max,
al momento di comporre il suo numero
che cominciava per tre otto sette,

sentì una musica venire dal cruscotto
di un Tir targato Sofia, Bulgaria;
la riconobbe da un doppio lamento
che diceva chiaramente "aman aman"
ed aveva una vaga somiglianza
con la dorata cotogna di Istanbul.
Allora spense il motore, fiutò
la notte come un orso, poi capì
di non essere in Austria, e che tutto
in quella surriscaldata stazione
di servizio conduceva ai Balcani:
odore d'aglio, freni consumati,
zuppa di paprika e birra alla spina;
e poi cartelli stradali con nomi
sdruccioli come Varaždin e Maribor.
Oltre la neve sporca di fuliggine,
oltre il guard-rail, un lampione allo iodio
e azzurre luminarie di Natale,
in mezzo alla spianata della Mur,
vide nel cuore nero della notte
un battaglione immobile di abeti,
baionette innestate ed alamari
di neve, schierato attorno a un bivacco
di camionisti turchi infreddoliti.
Davanti alla porta del ristorante,
una dalmata altissima in delirio
misurava il piazzale a grandi passi
urlando il suo disprezzo per un uomo
che non c'era, e intanto due macedoni
tracannavano uno schnapps alla pera
in un'auto che il fumo aveva reso
molto simile a una camera a gas.
D'impeto entrò nel caravanserraglio,
si fece strada fra bulgari e ucraini,
prese una piccola Dunkel vom Fass,

uscì col cuore inquieto, poi si accese
una sigaretta e vide che il vento
liberava la Luna dalle nubi
e che il suo viaggio ormai
aveva già preso un ritmo più turco.
E lì, nel freddo crudo di pianura,
al nostro eroe fu possibile perfino
sentir tra un'auto e l'altra il passo lieve
delle gemelle verdi, Drava e Sava,
fumanti di vapore nella brina
dei boschi senza fine di Slavonia;
erano lì che stavano scavandosi
sentieri paralleli di stagnola,
ubriache, in cerca del Danubio.
Fu a quel punto che Max divenne certo
che un giorno lei gli sarebbe riapparsa,
chissà quando, ma per portarlo via,
sarebbe venuta da chissà dove,
Caucaso, Urali, o Patagonia,
sicuramente vestita di nero,
per guidarlo, passo lungo e sicuro
verso sud-est, oltre fiumi e montagne,
fino al gran passo della Linea d'Ombra.
Queste malinconie rimuginò,
e poco dopo a diecimila metri
aerei si incrociarono lasciando
code di volpe argentata nel cielo.

Aveva sempre odiato le cotogne:
dopo la guerra quand'era bambino
del frutto si faceva marmellata,
un impasto gommoso che lasciava,
a lui che lo toccava, sulle mani
macchie giallognole, come succede
quando si sbucci la dura melagrana.

Gli era difficile quindi capire
come quel frutto sgraziato potesse
ispirare canzoni appassionate
e far guarire persino i malati.
Ma un amico, un giorno di gennaio,
lo condusse per una buia scala
nella sua cantina, gelida e piena
di ogni ben di Dio, e lì in un angolo
gli scoprì un cesto pieno fino all'orlo
di frutti brufolosi giallo elettrico
dal folle profumo, da capogiro,
morbido, sensuale e algebrico insieme,
un misto di pera, pesca e limone:
una cosa che non era per nulla
preludio di un sapore, ma l'essenza,
anzi la quintessenza, dell'odore,
un sublimato quasi artificiale
simile a nessun altro; era un frutto
che conteneva in sé ancora il fiore,
una meraviglia che prometteva
il bel tempo nel cuore dell'inverno;
era sole, e al tempo stesso luna,
era un frutto capace di incarnare
entrambi gli astri della vita umana.
Così capì: era quello il segreto
nascosto nell'odore inconfondibile
di biancheria pulita nella pelle
di Maša la bella di Sarajevo.
Ma non solo: il frutto nascondeva
una promessa di resurrezione.
C'era un potente nesso tra quel giallo,
il colore squillante della vita,
e il nero del lutto indossato da lei
dopo la morte di Vuk Stojadinović.
Era chiaro. Per capire il messaggio

Max doveva trovare le parole
della canzone sul frutto di Istanbul:
così si mise a cercarle nei libri,
le trovò, le tradusse, le imparò
a memoria nella lingua originale,
poi prese a cantarle con la chitarra,
sempre da solo, nel suo appartamento,
ma la formula arcana gli sfuggiva.
E intanto il canto gli scavava l'anima
e lo intristiva ogni giorno di più;
e poiché amava la birra alla spina,
che era anch'essa di un giallo paglierino,
quella cosa ambrata nel boccale
spesso finiva per dare la stura
a fiumi in piena di malinconia.

Una sera tra amici l'ho sentito
vaneggiare di Bisanzio e di cotogne,
dell'assedio turco alla sua città
e dei minareti di Sarajevo,
ma ancora non potevo immaginare
che dietro agli sproloqui dell'amico
ci fosse l'ombra di Maša Dizdarević,
perché della sua donna non parlava
in quegli anni di acuta nostalgia.
Faceva cose un po' strane: una sera
buttò nel fiume una barca di carta
battezzata con il nome di *Bistrik*;
a una festa campestre nel Weinviertel
vide una donna dai lunghi capelli
e le andò dietro fino a casa sua
come un cagnolino senza padrone;
nella Minoritenkirche comprò
dal sacrestano tutte le candele
le accese ad una ad una in una cripta

piena d'incenso quasi come nebbia;
poi una sera, dietro la stazione,
bevve da solo una mezza bottiglia
di rakija in un bar di montenegrini
mescolato a muratori immigrati;
vedeva ovunque il suo frutto d'Oriente,
giallo divenne il suo colore preferito
giallo del miele, giallo dell'autunno,
giallo dell'oro e della birra chiara.
Fu allora che disse tutto all'amica
Charlotte, una praghese un po' folle
che sapeva parlare con i morti
e qualche volta leggere anche i sogni,
e le disse della sua malattia
per questa donna scomparsa nel nulla.
Lei gli rispose "sei matto, mio caro",
ma poi ammise "in fondo ti invidio",
ed andarono a cena in una Heuriger
a due passi dal Graben, dove lui
sul tavolaccio di legno si mise
a scrivere anagrammi del suo nome.

Ma ora mi accorgo di non aver detto
niente o quasi della vita di Max
antecedente gli eventi narrati.
Era nato, diceva, il giorno 20
del mese di giugno del '41
mentre suo padre, con i battaglioni
di Adolf Hitler partiva per la Russia.
Sua madre era una morava di Olmutz,
inquieta ginnasta dagli occhi azzurri
che aveva eccitato le fantasie
ariane dei gerarchi della svastica
al grande raduno di Norimberga.
Josef, il nonno paterno che Max

aveva amato tanto, allevava
tacchini in una fattoria sperduta
a due passi dal confine magiaro.
Nipote squattrinato di un barone
che aveva scialacquato il patrimonio,
viveva nel terrore che la terra
troppo argillosa non desse i suoi frutti
e non fosse lavorata a dovere.
Ma era un giocatore impareggiabile
e nel caffè del paese vinceva
a carte gli scellini necessari
per comperare il gelato a suo nipote.
Al piccolo Max aveva insegnato
a cacciare le anatre di passo
e anche a tirare il collo ai suoi pennuti
che in un coro potente protestavano
con il gozzo rigonfio sotto il becco,
quando il tempo cambiava all'improvviso.
Era un tipo a dir poco esagerato
che faceva furiose litigate:
volavano improperi con la nonna,
la quale viceversa era il ritratto
della mitezza. Un giorno in cucina
Max lo vide diventare paonazzo
e poi, per fare dispetto alla vecchia,
mettersi in bocca un sasso gigantesco,
così grande che non usciva più.
La nonna urlava, vennero i vicini,
il nonno venne preso a badilate
sulla schiena, annaspò senza voce,
si fece più rubizzo dei tacchini
che starnazzavano dentro il pollaio,
finché sputò con un grido terribile
il pietrone che cadde con un tonfo.
Ma non gli bastò, perché appena tutti

se ne furono andati urlò alla nonna:
"Muoio domani! Ti faccio vedere!
Scommettiamo? Da solo! In campagna!".
Sembrava una boutade e invece accadde:
il giorno successivo lo trovarono
stecchito, pareva che dormisse
con la schiena appoggiata a un ippocastano.
Il parroco pensò a una iettatura
ma i vecchi del paese lo sapevano:
gli Altenberg eran gente di parola.

Anni prima, quando l'Armata rossa
occupava la piana del Danubio
fino a Vienna, un ufficiale russo
si era sistemato in casa del nonno;
Dimitri si chiamava, e dopo cena
prendeva Max in braccio e gli cantava
ninnenanne con voce da baritono,
finché il piccolo prese confidenza
con i canti dell'universo slavo
che gli rimasero sempre nel cuore.
"Un adolescente allo stato brado,"
così lo descrissero gli insegnanti,
"ma permeato di buona cultura."
Il vecchio Josef lo aveva iniziato
ai classici dei Greci e dei Romani,
e poiché in fondo era un vero brigante
questa sapienza selvaggia gli dava
un carisma sui compagni di scuola
che preoccupava tutti i professori.
La Cortina di ferro lì a due passi
inquietava suo padre ma non lui,
che nei tabelloni "Achtung Staatgrenze"
vedeva solo l'inizio di un mondo
misterioso, insomma una barriera

60

che l'Onnipotente aveva creato
apposta perché lui l'oltrepassasse.
Il primo viaggio fu a bordo del sidecar
col padre e la madre fino a Trieste
dove in un giorno di bora tremenda,
vide una Vienna affacciata sul mare.
La notte ascoltava a basso volume
voci di Radio Praga e Radio Budapest
e desiderava fino alle lacrime
attraversare le steppe e la tundra
fin oltre gli Urali a Vladivostok.
Crebbe tardi e divenne assai alto
e gli amici mi dissero di lui
che se ne andava a zonzo con gli sci
dormendo nei fienili e nei rifugi.
Adorava la birra di Boemia,
amarotica e di gusto un po' slavo,
e il bello della vita gli sembrava
arrivare alla bionda della sera.
Con un amico andava in montagna:
Virgil si chiamava, ed era un tipo
segaligno, un'icona bizantina
con voce bassa da prete ortodosso,
le scarpe numero quarantanove
e due manone simili a badili.
Ma era la voce la sua grande dote:
con lui, a Vienna, cantava duetti
in ogni luogo che avesse un'acustica,
chiese, cantine, garage e portoni.

Per vent'anni fu sposato a una donna
del Nord che amò di un amore fedele
e che gli diede i quattro figli maschi,
ma era consumato dall'inquietudine
e nella professione di ingegnere

cercava trasferte sempre difficili:
nel '71 volò in Patagonia,
nel '74 chiese di andare
in Afghanistan, Armenia e Turchia.
Ma fu la Jugoslavia ad infiammarlo,
quella del Sud soprattutto, che aveva
sofferto sotto il tallone ottomano:
Belgrado, alta sul fiume d'Europa,
Skopje, Niš, specialmente Sarajevo.
Lì c'era tutto per farlo impazzire:
minareti e gonne corte, buon vino
e sinagoghe, foreste austriache
e un basso salmodiare bizantino.
Razze e religioni si combinavano
in modo speciale: gli capitò
di trovare un imam, che era alto e biondo
come un monaco incontrato anni prima
alle Isole Solovkij nel Mar Bianco,
molto, molto più a nord di Pietroburgo.
Ma la città non era solo questo:
era una culla fatta di montagne,
era una cassa armonica perfetta.
La percepì, gli risuonò nel cuore,
la cantò nelle notti di velluto
con voce piena di basso secondo.
Ma quello che gli piacque soprattutto
fu che dentro le fumose taverne
la gente corteggiasse la tristezza,
la ostentasse, e la condividesse,
cosa impossibile a uno del Nord.
"Dai, fammi piangere," così diceva
ai suonatori di armonica e di gusle,
il popolo che andava per la strada.
Uno del Nord non l'avrebbe mai fatto,
avrebbe chiesto solo una marcetta.

Max adorava questo dei balcanici:
il loro riconoscersi la pancia
di questo continente maledetto,
senza pretesa di esserne la mente,
quella cosa arrogante che sta a nord
e che ha prodotto solo disastri.
Questo era stato, posso indovinare,
a portarlo fatalmente alla femmina
dagli occhi di ciliegia sopra il fiume.

Forse pensando a questo, una sera
d'autunno dell'anno '99,
in un bar di emigranti dei Balcani,
nel cuore del trentesimo Bezirk,
dopo una birra alla spina di troppo
fu preso da un'acuta nostalgia,
si vide allo specchio della toilette,
riconobbe una faccia derelitta
e concluse che l'unica parola
capace di rendere il suo stato
era "saudade", termine con cui
i portoghesi voglion dire insieme
"amore", "assenza" e "malinconia".
Più tardi, dopo un sonno disturbato,
la notte si svegliò di soprassalto
con un lampo ben chiaro nel cervello.
Aveva capito, mein Gott! Sevdalinka
come saudade! Quella cosa dolce
e triste insieme era il collegamento
tra le due terre, Iberia e Balcani!
"Sev" e "sau" erano la stessa cosa?
Che cos'era quella radice antica?
Da dove veniva? Era impossibile
che venisse da ovest, dall'Atlantico,
che era deserto vuoto e sconfinato.

Tutto evocava distanze d'Oriente,
terre di carovane e di deserti,
e Max capì che c'era un solo uomo,
un solo saggio capace di dargli
la conferma di quella sua intuizione:
il vecchio Peter Kern occhio di falco,
colto e sarcastico, sopravvissuto
a Birkenau, che aveva conosciuto
anni prima in un caffè del mercato.
Caffè Drechsler quel posto si chiamava,
apriva solo di notte, per quelli
che preparavano le bancarelle
della mattina con frutta e verdura,
e i contadini spesso si incontravano
a mezzanotte davanti a una zuppa
con teatranti, orchestrali e nottambuli.
Kern era un avventore d'anteguerra
e quando tornò, nel '47,
vide il suo vecchio cameriere e disse
senza commenti "Il solito, bitte",
come se nulla gli fosse accaduto.
Il cameriere capì, disse solo
"Jawohl, herr Kern", e con occhiata complice
gli scodellò la minestra di crauti
celebrando con quel gesto la gioia
di una normalità ripristinata.
Era un ebreo socialista e cantava,
sì, l'*Internazionale* in lingua yiddish;
uomo di arguzia e di galanteria,
tomba sicura di tanti segreti,
anche se aveva un'età veneranda
era ancora adorato dalle donne
che correvano da lui a confidarsi.
Di suo padre si dice che portasse
un bel diamante in vista su una scarpa;

polacco di Galizia, che a quei tempi
faceva parte dell'Impero austriaco,
gran patriarca con sei figli maschi
avuti da una donna mai sposata
ma amatissima, il padre di Peter
era un omone atletico e pieno
di amanti assai più giovani di lui
con cui fuggiva in carrozza a cavalli
lontano in scorribande demenziali.
Ma dopo il ribaltone del '18
volle restare in Austria e seppe fare
fortuna a Linz col traffico fluviale.
Nel '41 spedito a Treblinka
con la stella gialla cucita addosso,
sradicò il pavimento del vagone
come un fuscello e poi fece fuggire
i deportati. Solo lui rimase,
ma nel lager uccise due SS
in un colpo solo, spezzando il collo
a ciascuno con le sue braccia erculee;
poi venne abbattuto con una raffica
e sul viso, si racconta, gli restò
un ghigno soddisfatto di trionfo.

Al Drechsler, per un colpo di fortuna,
c'era ancora il terribile vecchietto
cui Max si avvicinava con paura:
a mezzanotte leggeva i giornali
del mattino con occhio indagatore.
Si sedette al suo tavolo, gli disse
delle sevdalinke, poi del suo dubbio
lessicale, e attese che parlasse.
Lui piegò il giornale, quindi puntò
l'occhio febbrile degli askenaziti
sul viso pallidissimo di Max:

"Ragazzo mio, non sai proprio nulla,
la tua cultura d'Oriente è un disastro".
Poi, scandendo le sillabe, aggiunse,
come ripescando una cantilena
dal fondo della sua memoria immensa:
"Kara sevdah, che vuol dir bile nera,
il succo epatico che per i turchi
genera nostalgia ed è la base
del mistero dell'innamoramento.
È tutto molto semplice, mio caro,
qui non serve nemmeno un talmudista".
Quanto alle tristi sevdalinke, disse:
"Senza gli ebrei di Spagna, Sarajevo
non avrebbe quell'anima nostalgica
che viene tutta dall'Andalusia,
perduta ormai cinque secoli fa
al tempo di Isabella la Cattolica".
"Ma allora," disse Max, "da dove viene
quel tipo di canzone? Dall'Oriente
dei Turchi o dalla Spagna degli ebrei?"
"E allora noi possiamo ipotizzare,"
rispose il vecchio con tranquillità,
"che scaturisca, perché no, dal periplo
di quelle tre magiche consonanti
esse, *vu*, *di* (perché è quello che conta;
le vocali, lo sai, non sono niente)
lungo la costa del Mediterraneo.
Dal Medio Oriente emigrarono in Spagna
per ritornare poi di nuovo in Bosnia
nella quale eran giunte nel frattempo
con l'esercito della Grande Porta
lungo la strada delle carovane;
quindi da est, l'opposta direzione.
Ma poi chi se ne frega, caro mio,
le parole sono esseri viventi,

in una gabbia non le puoi rinchiudere
e si accoppiano come voglion loro:
magari saudade è roba latina,
somiglia a 'solitudine' e 'saluto',
dunque è inutile scervellarsi tanto.
Una cosa a noi importa che sia chiara:
a Sarajevo, che poi non a caso
vuol dir 'serraglio per le carovane',
il viaggio finì, e le due parole
si ritrovarono e si riconobbero
pressoché identiche. Due nostalgie
che si unirono per dar vita a un canto."
Raccontò il vecchio Kern con gratitudine
dell'Haggadà illustrata degli ebrei
un tomo di valore sconfinato
che dai musulmani fu posto in salvo
per ben due volte nello stesso secolo
dalla furia cristiana iconoclasta.
E aggiunse: "Non fu facile agli ebrei
di Sarajevo spiegare ai parenti
d'Israele che in Bosnia essi potevano,
come successe nel '92
fare la guerra insieme ai musulmani".
Disse: "Stai tranquillo, riusciranno
a distruggere questa convivenza
durata dei secoli, anche quando
in Spagna e Russia era tempo di pogrom".

Dopo quel fiume di rivelazioni
Max non ce la fece a prender sonno
anche perché non aveva risolto
il giallo mistero della cotogna.
Due giorni dopo invitò il patriarca
in un piccolo bistrot sul Danubio
per farsi dire ancora dei segreti.

Non appena si furono seduti,
tanto per mettere in chiaro le cose,
posò il frutto sul tavolo e subito
il cameriere, portando il vassoio,
disse: "Man hat diesen Geschmack vergessen",
hanno dimenticato quel sapore.
Così Max chiese al vecchio di spiegare
il mistero speciale di quel frutto,
che stava al centro della sua canzone.
Il vecchio disse piano: "La cotogna
non soltanto sopravvive all'inverno,
ma è l'unico frutto che con il tempo
è capace di rendere più forte
l'odore anziché farlo illanguidire.
È brutta, tutta piena di bitorzoli,
ma col tempo diventa più rotonda,
più morbida, più bella e femminile.
È vita, forza, sostanza e profumo,
un frutto che resta sempre fedele;
giallo dell'oro, insomma ricchezza.
La cotogna si mangia la seconda
sera del Capodanno degli ebrei
con l'augurio di un'annata più dolce.
Allora l'altro fece domanda:
"E se questa fosse la mela di Eva?".
"Ma allora tu non ne sai proprio niente,"
protestò il grande vecchio con vigore.
"La Bibbia non parla affatto di mela,
dice solo 'frutto', 'pianta che sta
in mezzo al giardino'. Dunque perché
escludere che sia quello che dici?
È un frutto, dicevo, pieno di essenze,
come il cedro, che pure lui è giallo,
e illumina la festa del Suckot;
come la melagrana, la più bella

68

di tutti, serbatoio ineguagliabile
di santi precetti e azioni virtuose."
Arrivò il Wienerschnitzel con patate,
Max ordinò una birra e chiese ancora:
"Nero di bile e giallo del frutto:
che nesso c'è fra quei due colori?".
Le chiatte andavano controcorrente
con immane fatica ed anche Peter
dovette faticare per rispondere:
"Son colori ambigui il giallo e il nero,
contengono entrambi il bene ed il male...
Il nero, per esempio, è anche il colore
della donna del Sud, la grande madre.
È lei o non è lei che custodisce
il fuoco giallo simbolo di vita?
Ma il giallo è anche il marchio dei diversi,
delle presunte streghe e degli ebrei...
è colore di rogo e di condanna...
Davvero non saprei che cosa dire".
Allora l'ingegnere disse tutto,
l'incontro con Maša nerovestita
e il ruolo di Istanbul nella sua storia,
affinché nulla più fosse nascosto
e il vecchio avesse tutti i fili in mano.
E così, mentre le chiatte ansimavano
verso la stretta chiamata Wachau,
Matusalemme lo guardò dal fondo
del tempo con una faccia da rabbino
e disse: "Ora è chiaro, la tua vita
è in bilico fra questi due colori...
Giallo e nero, gli stessi del vessillo
degli Asburgo, gli stessi che segnarono,
guarda caso nella tua Sarajevo,
la fine dolorosa dell'Impero...
Non so, mio caro, forse questa donna

un giorno, chissà quando, ti darà
questo suo frutto per vincere la morte
e dirti la strada dell'altro mondo".
A quel punto lui ebbe una certezza:
c'erano Vienna, Sarajevo e Istanbul
come un triangolo nella sua vita;
tre città luccicanti di stelle
nebulose perdute nella notte.
Un giorno Maša sarebbe tornata,
e lui l'avrebbe aspettata per sempre,
anche su questo non ebbe più dubbi.

5.

La pala di un vecchio remo dalmatico

Aprile arrivò e una flotta di nembi
buttarono le ancore tuonando
furiose cannonate sopra Vienna.
Oltre i vetri rigati dalla pioggia
Max lavorava chino sulle carte
sparse sul tavolo, quando arrivò
alle dieci di sera una chiamata
segnata dal 38, che era il numero
dell'altro mondo, il prefisso fatale
di uno stato che più non esisteva
e che testardo si ostinava a vivere
nascosto dentro i fili del telefono.
"Ciao sono Maša, forse ti ricordi,"
disse la voce distante di lei.
Era tornata alla svolta del secolo,
dopo la quarta Luna del Duemila,
e le bastò dir solo due parole
perché subito lui sentisse intorno
il vecchio profumo di biancheria.
"Draga moja," rispose, "son tre anni
che canto la tua magica canzone;
d'Istanbul, ti ricordi... la cotogna...
Ho tutto in mente, come fosse ieri.
Semmai sei tu che m'hai dimenticato.
Di te non so più niente, moja mila:

tri godine, tre anni son passati
che non ti sento e non ti fai vedere."
Lei gli disse: "Lontano sono andata,
lontano tra le steppe della Russia,
per stare almeno un po' con le mie figlie,
sono cresciute, sai? Sono anche belle...
poi son tornata alla casa di Bistrik
e alle mie ripide strade in selciato,
ma ho saputo da poche settimane
di essere malata gravemente.
Amico caro, il male del secolo..."
disse, e in quell'attimo in cielo
i galeoni tuonarono ancora
sopra la guglia della cattedrale,
"e cerco qualcuno che sia capace
di mettere le mani sul mio corpo
dopo un'operazione malriuscita".
Come davanti all'ordine supremo
del gran visir mandato dal sultano,
Max ebbe l'incrollabile certezza
di poter abbattere ogni ostacolo
tra lei e una perfetta guarigione.
Con un sorriso disse: "Ora tu mettiti
nelle mie mani senza più paura,"
poi sigillò quel numero 38,
se ne uscì per la strada nella notte
della metropoli, e proprio allora,
dopo gli ultimi tuoni, il vento venne
e a vele spiegate la Grande Armada
di nembi naviganti in formazione
fece rotta sul cielo di Belgrado.

Così andò nella clinica migliore
e chiese del primario Carl Heinz Heideck
di cui aveva sentito meraviglie.

Senza preamboli disse la storia;
tante volte se l'era ripetuta,
ma solo allora, davanti a quel medico,
si rese conto di saper narrare
giocando con le pause a perfezione
e mettendo i dettagli al posto giusto.
Il medico ascoltò fino alla fine
la storia del giallo frutto di Istanbul,
e subito una cosa gli fu chiara:
non gli importava di sintomi e anamnesi
ma, esclusivamente, di sapere
dell'incontro fatale di quei due.
Quando tornò il silenzio il dottor Heideck
disse ciò che nessuno si attendeva
all'uomo che gli stava lì di fronte:
"Ora mi canti questa sua canzone".
E così lui cantò senza vergogna,
cosa che mai aveva fatto in pubblico,
e nel corridoio, facendo attenzione,
anche i malati e gli infermieri avrebbero
potuto sentire quella mattina
– e qualcuno certamente sentì –
che un uomo cantava nello studio
del professor Carl Heinz Heideck, un duro
che mai nessuno aveva visto piangere
e invece pianse, disse "me la porti,
voglio incontrare una donna così".
Allora Max uscì dall'ospedale,
col cuore in tumulto sotto le nubi
camminò lungo la Währingerstrasse,
si soffermò imbambolato su un ponte,
risalì nella pioggia fino al Ring.
Era tutto chiaro: il frutto giallo
era un passepartout capace di aprire

le porte sigillate dal destino,
anche quelle più nere della notte.

Tre giorni dopo lei si mise in treno
e gli diede l'orario del suo arrivo;
ma invece di aspettarla al capolinea
di Südbahnhof, Altenberg preferì
coglierla di sorpresa, e le andò
incontro alla penultima fermata,
Wiener Neustadt, con due ore di anticipo
che sembrarono non passare mai,
aspettando l'espresso da Zagabria.
Banchi di nubi – parevano acciughe
argentate nel tramonto – nuotavano
da occidente sopra il Neusiedlersee
e ad un tratto le torri del Burgenland
divennero oro fuso verso sera.
Max contò a uno a uno i campanili,
poi venne un nubifragio e proprio allora
sotto una cupola di ferro e piombo
il bruco illuminato venne fuori
dalla notte in un intrico di scambi
traslucidi, poi fu sul marciapiede
con un interminabile stridio.
Spalancò il portellone, salì a bordo,
il treno ripartì, e in quel momento
se all'Express che puntava verso Vienna
un altro treno si fosse affiancato
nella pioggia notturna del Danubio,
un passeggero al finestrino avrebbe
potuto vedere come in un film
i fotogrammi di un uomo che andava
di scompartimento in scompartimento,
con passo lungo, verso la motrice.
L'avrebbe visto fermarsi di colpo
dietro una donna calva che leggeva,

74

completamente vestita di nero,
collo eretto come di cormorano,
profilo puro di bellezza egizia,
come se Nefertari fosse uscita
viva dalla sua tomba nel deserto;
il passeggero avrebbe visto Max
esitare per cinque, sei secondi
nella sequenza da lanterna magica,
accostarsi a lei pian piano da dietro
e poi coprirle gli occhi di sorpresa,
e prima che i convogli paralleli
fossero separati dalla notte,
l'ignoto testimone al finestrino
avrebbe anche notato i viaggiatori
dello scompartimento dirimpetto
sollevare lo sguardo in simultanea,
divisi tra fastidio e tenerezza,
verso l'abbraccio forte di quei due.
La bella Maša aveva perso tutti
i suoi capelli; ma lui non sbagliò;
l'aveva individuata dalla nuca,
quel punto nobile del portamento
che in un istante lungo quasi un secolo
lei aveva scoperto a Sarajevo
davanti alla porta di casa sua,
quella gelida sera di cristallo,
anni prima, mentre cadeva la neve.
E quando si sedette accanto a lei
sul treno dondolante nella notte,
non senza meraviglia lui scoprì
la bellezza di quella testa nuda
che, col suo lieve pallore lunare,
risvegliava da un sonno millenario
le misteriose ebree di Samarcanda
e le circasse a oriente del Mar Nero.

Venne Nadira, la figlia da Mosca,
gli stessi occhi di nera ciliegia,
e Maša fu portata sotto i ferri
mentre la neve si scioglieva ovunque
in una grandiosa festa di luce.
Ma il male aveva già fatto il suo corso:
"Uno stadio avanzato," fu il responso,
"non resta che sperare nelle cure".
Allora Max le disse di restare
a Vienna con lui per le terapie,
e almeno riposarsi da regina,
e non ebbe neppure per un attimo
il dubbio che la morte avesse modo
di celebrare trionfi su quel corpo
costruito da Dio per la bellezza.
Riuscì a trovarle una casa sul Kahlenberg,
il Monte Calvo, calvo come lei,
ma il presagio era fausto, perché l'Austria
sotto quell'altura aveva sconfitto
un male assai più grave. Era piccola
quella casa, ma con vista sul fiume;
era di un vecchio amico e per averla
Max anche a lui decise di narrare
la storia del giallo frutto d'Istanbul.
Qui accadde ciò che c'era da aspettarsi:
anche l'amico come il dottor Heideck
volle sentire la canzone antica,
e come il dottor Heideck anche lui
si commosse, poi aprì la sua casa
e non volle nemmeno un soldo in cambio.
Si stava bene e in uno spazio minimo
c'era davvero tutto il necessario:
un letto grande, un bagno luminoso,
un bovindo con vista sui vigneti
e una cucina sul lato dell'alba.

"La Luna in sottoveste color giallo
batteva scalza le rive del fiume
da Ratisbona alle Porte di Ferro..."
Così diceva Max nel rievocare
l'incantamento della primavera
in cui Maša trasferì le sue cose
nell'alcova lassù tra i vigneti.

Dalla collina l'antico terreno
di scontro fra cattolici e Ottomani
era visibile in ogni dettaglio,
da Hütteldorf fino al Türkenschanzpark,
per non parlare della Kirchengasse,
dalle parti del settimo Bezirk,
dove lo scontro era stato più duro.
Dall'alto delle vigne sul Danubio
i luoghi le mostrò a volo d'uccello
come lei tre anni prima a Sarajevo
aveva fatto da un'alta collina
a picco sulla Miljacka scrosciante,
e ad un tratto d'istinto mormorò
"tu sei la mia turca", come se fosse
una preda di quella guerra antica
un'odalisca del grande sultano,
dimenticata nell'accampamento
dagli Ottomani tre secoli prima;
e lui, veramente, in Maša vedeva
una regina venuta dal tempo,
con i suoi profumi, le chincaglierie
e gli ori regalati dal visir.
Lei stette al gioco che la provocava
ed esclamò da vecchia partigiana,
schierandosi decisa col nemico:
"Va' là che voialtri, senza noi turchi,
sareste rimasti senza il caffè...

Sì, quella cosa che ancora bevete,
da bravi barbari senza cultura,
con l'additivo di latte di vacca...".
E gli parlò di quella strana polvere
profumata di bruciato che l'esercito
dei vincitori aveva rinvenuto
nelle cucine da campo nemiche
con gran dovizia di cibo e di spezie
nella precipitosa marcia indietro
dell'esercito della Grande Porta.
Furono i grani di un verde tostato
la preda più gloriosa dell'attacco
scatenato dall'urto formidabile
della cavalleria di Jan Sobieski
dalla Polonia scesa a dar manforte
al più cristiano degli imperatori.
Ah, quella vista dall'alto del monte!
Di giorno era l'assedio dei nemici,
di notte era il ricamo delle stelle.

Venne maggio, il tempo che i Balcani
dedicano alla festa di san Giorgio
con fiori, trombe, rakija e clarinetti;
da anni il verde non era mai stato
così verde e i boschi così fitti.
Erano lunghe serate dolcissime,
con il cielo diviso in due colori:
viola pastello di brume a sud-est,
fatale direzione del Danubio,
e rosso fuoco da incendio a sud-ovest,
dove il Mediterraneo cominciava.
Max andò con Nadira al Kunsthistorisches
Museum; la ragazzina quasi pianse
davanti a una tela di Pieter Bruegel
chiamata *Cacciatori nella neve*

che ricordava la Bosnia d'inverno.
Maša gli aprì una birra quella sera
perché bevesse appena entrato in casa,
gliela versò nel calice imperlato
con una devozione tutta nuova.
Da allora il rituale si ripeté
sempre uguale; divenne consuetudine
che lei gli recitasse *Evgenij Onegin*,
naturalmente in lingua originale,
facendolo impazzire per le mille
morbide *i* della lingua di Puškin,
fitte come betulle in primavera.
Teneva sempre dell'acqua sul fuoco,
la teiera bolliva tutto il giorno;
era il suo modo slavo di respingere
l'inverno che nel grembo le covava.
Lui la copriva di piccoli doni:
primule, libri dell'ex Jugoslavia,
film appena usciti, ribes, mirtilli.
Metteva sul fuoco un po' di cipolla
e cucinava primizie per lei,
aringhe danesi, rape d'Ungheria
pesce azzurro arrivato da Trieste,
pesto al pistacchio comprato in Sicilia,
oppure le frittelle dette mekike,
goloseria venuta dalla Bosnia,
fatte di yogurt, con uovo e farina.
Ma la più gran delizia si chiamava
Princez krafne, un bignè dei Balcani
pieno di panna e crema pasticciera,
per il quale Maša sarebbe stata
anche capace di rubare in chiesa.

Prese ad andare da lei quasi ogni giorno
e tra loro, con le prime ciliegie,

cominciò il tempo dell'intimità.
Spesso al tramonto uscivano insieme
per i segreti sentieri del monte,
tra i vigneti, a guardare dall'alto
i barconi che andavano sul fiume,
e i battellieri ucraini che lanciavano
improperi sfiorando collisioni.
Era uno spettacolo: un mattino
una chiatta che si chiamava *Marmara*
si incendiò in un vermiglio controluce
scendendo verso oriente a Bratislava.
Una notte il Danubio si gonfiò,
la Luna si ingrandì, divenne gravida,
l'usignolo cantò come non mai
("slavuj" era il suo nome in lingua slava)
e nevicarono fiori d'acacia,
così tanti che sembrò una bufera.
Guardando la corrente di stagnola
"L'acqua è mia madre," disse, e spiegò
che le lacrime e i fiumi fertilizzano
il nostro mondo alla stessa maniera.
Dopo un mese ci fu una ricaduta,
e poi un'altra, ancora peggiore;
lei si sentì distrutta, quasi immonda,
intoccabile come una lebbrosa,
la pelle escoriata e vulnerabile;
sputò sangue, ma come per miracolo,
dopo un tempo di dura resistenza,
la figlia di Muhamed partigiano
si riprese, trovò nuove energie
ed anzi risorse ancora più bella.
Sembrava, dissero, l'imperatrice
Teodora, la moglie di Giustiniano,
così come ritratta nei mosaici,
con occhi grandi e forti sopracciglia.

Nel cuore dell'estate all'improvviso
si accese un'aureola attorno al suo capo,
sì, come nelle icone bizantine,
tanto che Max si chiese se venisse
da Sarajevo o da Costantinopoli.
Più penetrante divenne lo sguardo
ed il parlare ancora più rotondo;
la voce un po' roca, notò qualcuno,
era passata inavvertitamente
dal tono autoritario del contralto
a quello dolce del mezzosoprano.
A luglio se ne andò lungo il Naschmarkt,
a comprare cipolle e pomodori
e fu vista trattare con fermezza
il prezzo più basso con gli ambulanti.
Sentirono in agosto alla Stadtsoper
una messa da requiem di Paisiello
dove la morte parve un trionfo
e dove il *Confutatis maledictis*,
persino quello, sembrò una taranta
d'amore con i corni e i contrabbassi
a fare con brio da contrappunto
a un coro che pareva Fuorigrotta.
Una notte di stelle visitarono
un jazz club a due passi da Sankt Ruprecht,
una chiesetta gotica nascosta
a poca distanza da Santo Stefano.
E l'attimo in cui lei tolse il cappello
scoprendo la sua calva meraviglia
e gli occhi dolci e grandi come laghi,
prese una stecca l'uomo al contrabbasso
e sorrise perché Maša era stata
l'unica in mezzo a tutta quella gente
a decifrare quella nota storta
sparata tra il sassofono e il tamburo.

Quando Nadira fu tornata a Mosca,
una sera con raffiche di pioggia
la casa sembrò andare alla deriva
come una zattera nella tempesta,
e lui a quel punto si fece coraggio,
chiese di Vuk, e lei così rispose:
"Anche il tuo nome ha una sillaba sola,"
poi mise l'indice dentro lo yogurt,
lo portò lento alla bocca di lui
perché assaggiasse, poi passò quel dito
sulla nocca bianca dell'altra mano,
pulì con la lingua e gli mise i piedi
nudi sul petto, ben sotto il maglione.
Poi sussurrò con voce rugginosa:
"Se tu volessi dormire con me,
sappi che mi faresti compagnia".
Fu allora che in un attimo soltanto
la diga andò in frantumi e lui l'amò,
l'amò per quel suo corpo montanaro
e per la grande calma che gli dava;
lei disse "Sono terra, prendo tutto,
puoi far di me davvero ciò che vuoi,"
ed era strano che dicesse questo
lei che era figlia dell'acqua e del vento.
Max conosceva assai bene le barche
e non gli sfuggirono i fianchi piallati
come di betulla; gli ricordavano
la pala di un vecchio remo dalmatico
rigonfio al punto giusto e consumato
da molte mani, dal sole e dal mare.
Il grembo era la poppa della barca,
sutura di una rete di fasciami,
e con lo sguardo perduto lontano,
dietro il bompresso che saliva in alto
e poi si rituffava nelle onde,

Maša polena navigava a prua
di un brigantino piegato dal vento,
legno felice e privo di paura.
Lui la guidò con calma verso il largo
finché al culmine i grani d'uva nera
andarono in collisione svelando
la meraviglia un po' sghemba di Venere.
"Mili moj," gli disse, ed il suo orecchio
quelle parole mai aveva udito.
Solo dopo, quando scese il silenzio,
solo allora si accorse di ballare
sull'orlo di un baratro, e sentì
all'improvviso il terrore di perderla.
"Maša"... mormorò il suo nome stellare,
quasi algebrico, di sole due sillabe,
Maša col frutto giallo nella mano,
e sperò contenesse in sé la formula
segreta o l'anagramma per tenere
la Nera Signora un po' più lontano.

6.

"Per chi balli, mia piccola Dizdarević?"

Una nottata di föhn maledetto,
il vento caldo che viene da nord,
notte inquieta di quelle che si portano
a rimorchio processioni di pensieri,
Max si svegliò e trovò il letto vuoto
dalla parte sinistra dell'alcova.
Se n'era andato pochi giorni prima
dalla sua casa in Gumpendorferstrasse
per trasferirsi da Maša sul monte
giusto in tempo per l'ultima vendemmia
e assistere con lei allo spettacolo
delle vigne che diventavan gialle
a picco sulle brume del Danubio.
Dunque soffiava quel vento tremendo
che porta i montanari alla follia,
e lui cominciò a cercarla a tentoni,
ma lei non c'era, il letto era vuoto;
trovò solo il nido caldo del corpo,
così si alzò veloce per cercarla,
sbatté col capo contro lo spiovente
del soffitto, inciampò sul cuscino
che era caduto giù dal capezzale,
finché sentì pigolare nel buio:
Maša piangeva in silenzio nel bagno
davanti allo scaffale con i farmaci

guardandosi impaurita nello specchio.
Le andò vicino a piedi nudi e poi
la strinse forte senza chieder nulla,
aspettando che il tremito finisse.
Così parlò: "Mi crescono i capelli...
la vedi la peluria color rame?
Dimmi, ti prego, cosa mi succede?
Perché d'autunno questa primavera?".
Allora Max la ricondusse a letto
mentre il vento soffiava senza posa,
e poi così le disse a bassa voce:
"Maša, ti prego, sbrigati a guarire".
Era un ordine, pur se bisbigliato,
un ordine assoluto, inderogabile,
un dogma, un assioma, un teorema:
tutto, insomma, fuor che una preghiera.
Allora lei urlò forte di rabbia:
"Chi sei tu, dimmi, che mi obblighi a vivere?
Dimmi, chi sei, che mi fai tutto questo?
Tu che mi fai sentir la vita dentro?",
poi si squarciò la camicia da notte
mostrò sul seno i segni del chirurgo
ed aggiunse con voce ancor più dura:
"Ma tu da dove vieni che mi prendi
fingendo di ignorare tutto questo,
tu che fai finta che sia tutto normale,
anche la bestia che mi porto dentro?",
e urlò con voce stridula battendo
in mezzo al petto la sua mano aperta.
"Forse non hai capito," lui rispose
con la calma di un vecchio timoniere,
"questo non è soltanto il viaggio tuo,
ma il nostro viaggio, lo devi capire.
Non lo senti come lo dice il vento?"
E senza dire altro cominciò

a raccontarle del Mare Adriatico,
lo spazio dove entrambi da bambini,
loro due, figli di nemici in guerra
sull'arcipelago dalmata avevano
imparato a nuotare; il mare verde
profumato di vento e praterie.
Parlò dei fichi e della malvasia,
delle schiume infinite in processione,
e di Lissa, gobba nera all'orizzonte,
simile a un capodoglio solitario;
parlò così, finché lei prese sonno
e sopra Vienna fu calma di vento.

Tornò l'inverno e Maša rifiorì
nuovamente, come l'autunno prima.
Nel piccolo rifugio sopra il monte
si stava bene, protetti dal mondo.
Ruggiva la stufa su zampe di ghisa;
come un facocero a volte ringhiava
quando ululava il vento dei Carpazi
e la sera, dopo un libro o un infuso,
lei si spogliava come se sbucciasse
una pesca coperta di rugiada.
Si sfilava il pullover, indugiava
presso la stufa con la schiena dritta
ed Altenberg stupito la guardava
nell'attimo, che durava dei secoli,
in cui, sostando con le braccia alte,
come appesa al suo albero da frutto,
scioglieva il nodo estremo e dopo nuda
gli cadeva accanto, e il segno pallido
che aveva sullo sterno gli indicava
il sentiero da seguire nel buio.
Max la mattina si alzava per primo
per domare – diceva – gli elementi:

legna, acqua, fuoco, il tè e la stufa.
Scaldava, attizzava, rimestava,
poi ritornava nel letto per premere
sulla sua donna il proprio corpo in fiamme.
Faceva tanto freddo e nei boschetti,
come pianeti nel cielo stellato,
maturavano le mele selvatiche,
"divlje jabuke", così le chiamava
Maša dagli occhi di nera ciliegia,
e ne raccoglieva spesso una sporta
per preparare la torta col kajmak,
l'acidulo formaggio dei Balcani,
secondo la ricetta dei suoi nonni.
Zimska kraljica lui la volle chiamare;
Winter Königin, regina d'inverno,
specie se aveva sulla testa calva
il suo colbacco nero di pelliccia,
quello che, anni prima a Sarajevo,
aveva messo per l'ultimo incontro
la sera della canzone fatale.
Parlavano slavo misto all'inglese:
e un giorno capitò che lei dicesse,
sbucando col naso dal piumino,
"Sai, stanotte ho dormito avvolta in te,"
e al volo lui capì che quei dolcissimi,
trascurabili errori della lingua
erano il distillato dell'amore.
E quando Max doveva star lontano
per qualche trasferta, anche se breve,
lei non lavava la sua biancheria
perché di lui l'odore rimanesse
su qualche maglietta sotto il cuscino.
Ascoltando a occhi chiusi la sua voce
Max non capiva come suo marito
fosse riuscito a non perdere il senno.

Parlo di Duško, tradito tre volte:
perché tre volte lei se n'era andata,
da Vuk, per star da sola e poi a Vienna.
Era certamente una pasta d'uomo
quel marito con il contratto a termine,
pensava Max nelle ore di insonnia.
Doveva averla amata alla follia,
ed il perché adesso gli era chiaro.

Un mattino partirono per Budapest
(c'era un tavolo fissato per cena
all'Hungaria, sfarzoso ristorante
che aveva appena compiuto cent'anni),
ma per strada si mise a nevicare,
il rapido subì un ritardo forte.
Appartati nell'ultimo vagone,
mentre scendevano lungo il Danubio
ebbero dal capotreno un'occhiata
complice come di contrabbandiere.
La stazione all'arrivo era deserta,
traffico bloccato, gelo sul fiume,
la sera niente taxi, così andarono
intabarrati lungo il ponte Margit
perfettamente deserto, con lui
che tirava ridendo la valigia
in una trincea di neve gelata.
Al ristorante non c'era nessuno,
i dieci camerieri erano tutti
al loro servizio, e i cento specchi
del vecchio caffè li moltiplicavano
per mille tra gli stucchi neobarocchi.
Sui tavoli vuoti del ristorante
c'era un cartello con la scritta "Foglált",
che in ungherese vuol dire occupato,
e quella strana targa, riprodotta

all'infinito dai pomposi specchi
nella sala perfettamente vuota,
unita al sussiego dei camerieri,
produsse in loro allegria incontenibile,
e più tentavano di trattenersi
più quei due scoppiavano dal ridere,
e risero di gusto così tanto
che l'etichetta fu ridotta in briciole
facendo divertire anche gli sguatteri
che li spiavano dalle cucine.
Per non parlare dei camerieri:
con il piatto di Kulen o la Pischinger
grondante di burroso cioccolato,
anche loro nel gioco degli specchi
furono riprodotti all'infinito
nelle sale deserte color panna,
e l'effetto fu talmente comico
che alla fine mollarono ogni remora
e guardandosi risero anche loro
rischiando di cadere col vassoio
e tutta la crostata di mirtilli.
Nei boulevard lui le cantò Puccini,
la "gelida manina", che tradotta
nella ruvida lingua degli slavi
suona più o meno "smrznuta ručica".
Ce la mise tutta per pronunciarlo
ma l'effetto, con quelle consonanti
in collisione, fu comunque tale
che entrambi risero fino alle lacrime,
più ancora che davanti ai camerieri.
Camminarono a lungo sulle scale
sotto il castello di Buda e il bacio
fu inevitabile; durò, si dice,
una mezz'ora, tanto che un barbone

si avvicinò per scuoterli pensando
che l'inverno li avesse congelati.

In una locanda surriscaldata
di nome Berliner, un'ex cantina
dell'ottavo distretto di via Pál,
seduta a un tavolo nella penombra
sotto un'arcata e solo una candela
a illuminarle le spalle ed il collo,
lei, senza dargli il minimo preavviso,
provocò la clientela togliendosi
con mossa rapidissima la blusa
solo per strappar via la maglia intima
troppo pesante che aveva di sotto;
e lui vide in quell'attimo infinito
la cicatrice splendente di Maša
volare dal collo come un falchetto
tra le colombe libere del seno;
vide l'occhio furbetto del garçon,
la bocca aperta di un bancario grasso
accanto a una finestra con la neve.
All'istante il suo odore di bucato
irritò le narici delle altre
femmine, lì, che stavano in allerta,
e lei, scoprendolo, guardò il suo uomo
con l'occhio di trionfo di un predone.
Tutto questo fece in tempo a vedere
Max ubriaco anche di stupore,
prima che lei rimettesse la blusa
di seta sulla pelle di velluto.
Ah, com'era strano che quella figlia
di duri comunisti vecchio stile
buttasse a mare la riservatezza
solo per mettere lui in imbarazzo
proprio quando si trovava in pubblico.
Ma poi s'accorse che tutto serviva

solo a fargli capire che alla fine,
con quella loro storia disperata,
era fatale ignorare la gente;
intese che la morte alle sue spalle
le aveva dato qualcosa di simile
all'impunità di un'imperatrice.
E quella sera facendo l'amore
in una piccola stanza con vista
su un cortile a ballatoio, un pioppo
striminzito e un magazzino con botti
di birra, lui vide una fontana
di luce forte, come una fantastica
aurora boreale, sprigionarsi
dal capezzale del letto e inondarlo,
poco sopra la testiera di ferro,
sull'intonaco bianco dell'hotel.

Un giorno d'aprile andarono a Mayerling,
dove Rodolfo d'Asburgo si uccise
con la sua amante Maria Vetsera,
poltrirono al sole su un letto di menta
senza pensare al destino dei re.
Campane a distesa e la primavera
dispiegava i suoi stendardi di luce;
così fecero un viaggio sulla Drava
e lì tra i campi, accanto a un ciliegio,
c'era una panca con un tavolino
a disposizione dei forestieri
con sullo schienale incisa la firma,
"Josefplatz", perchè c'era un contadino
(naturalmente Josef si chiamava),
che diede loro un letto per dormire
in una casa antica con la stalla.
La stanza aveva un pilastro di legno
con data 1502

e un'iscrizione in caratteri gotici;
sull'architrave, la foto dei vecchi,
e sulle scale profumo di mela.
Amavano andare in posti così,
nelle stanzette delle fattorie;
non cercavano alberghi ma locande,
taverne un po' fumose sulla strada
con gli avventori fissi al pianterreno
e un alone di tristezza che nasceva
dagli addii consumati malamente.

Una sera andarono a passeggio
tra le vigne solitarie del Nussberg
(i prati verdi di hajdučka trava,
l'erbetta dei briganti d'Erzegovina),
e quando apparve Venere a occidente
lui la chiamò "Meine verliebte Mund",
come nel canto di Lilì Marleen.
Ed un giorno, in cima alla collina
a precipizio sul fiume d'Europa,
così grandiosa gli parve la vista
che gli venne la voglia di pisciare
per segnare il suo spazio come i cani
e divorziare dal mondo perbene.
Era un grembo magnifico il Danubio,
che in tedesco, giustamente, è femmina:
il corso regolare disegnava
racconti in alfabeto cuneiforme,
geroglifici, virgole e parentesi;
e Max, estatico, nel cielo viola,
accanto alla sua donna che rideva,
il prato innaffiò a gambe allargate,
con un sospiro, davanti alle luci
dei sobborghi di Vienna sfavillante.

Poi diede fuoco a petardi per lei,
il Nussberg si infiammò come una torcia,
i botti rimbombarono sul monte,
si udirono sirene di gendarmi
e poco mancò che quei due incoscienti
finissero la festa in gattabuia.
Era ormai notte e lungo la discesa,
in una taverna un oste allusivo
portò una zuppa all'aglio, Knoblauchsuppe,
micidiale con birra e pane nero,
poi una brocca di freddo Gewürtz
che li ubriacò e li spinse su un sentiero
in discesa, vietato alle automobili,
sotto le stelle lì si consumarono
di baci sopra una panca affacciata
sul grande fiume color madreperla.
Alcuni giorni dopo in pieno centro,
Altenberg vide una banda macedone,
(sette briganti, giacca color panna)
e dopo aver dato loro una mancia,
tutti li caricò su un camioncino
per portarli tra le vigne del monte
in un fracasso di ottoni e tamburi.
"Dio e la guerra sono spesso parenti,"
disse Kočo il capobanda, e puntò
il suo sassofono come un kalashnikov
in direzione del cuore di Max.
"È la mia arma, assieme alla zappa,"
fece mostrando i calli delle mani,
e già Maša stendeva una tovaglia
felice della bella improvvisata;
poi vennero birre, salame e Schwarzbrot
e nella valle echeggiò la canzone
tra i vigneti fino ai primi sobborghi.

Ai primi di giugno andarono in Grecia,
Lefkada, poi Cefalonia montuosa,
mare di prugna, Itaca lontana,
colline color malva nella sera,
il barbuto Leonidas che cucina
spaghetti, mare viola poi turchese,
un uccello che grida tra gli ulivi,
due greci che litigano, un calice
di retsina, pace e kalamarakia.
E laggiù, ripensando per un attimo
al male che se la portava via,
lui si chiese da dove le venisse
tutta quella tranquillità incosciente.
E lì Maša, leggendogli il pensiero,
gli parlò con la lingua dei russi
per spiegargli: "Tu così devi fare,
kak budto v'burje est pokoj," come se
nella tempesta ci fosse la pace.
E vennero difatti i temporali,
il mare orrendamente si gonfiò,
il portellone del ferry si aprì
su Zacinto, con nubi gigantesche,
cavolfiori percorsi dalla folgore,
poi fu bonaccia e gravida la Luna
a Kerì disegnò sotto gli ulivi
ombre magiche come sul Getsemani.
Trovarono casa da Panaiotis,
che stava potando piante di origano
selvaggio e li portò sulla collina
davanti a un patriarca gigantesco,
un grande ulivo scavato da dentro,
più vecchio di Cristo, con l'Orsa Grande
allo zenit e un esercito di grilli
nell'erba secca giù sulla scogliera.
"La vita è un lampo," disse Panaiotis

"ed io non ho bisogno di nient'altro."
La Luna splendeva e Max disegnò
con la matita il contorno dell'ombra
di lei su un muro di calce bianchissima
per arrestare la corsa del tempo.
Videro Zante, il Mani e poi Atene,
lei ebbe un bell'anello con smeraldo
comprato da un mercante del Pireo,
dopo un'infinita contrattazione;
di mezzogiorno vicino a Corinto
sentì la baldoria delle cicale,
poi dall'Attica contemplò una sera
le Cicladi disperse nell'Egeo.
Sul suo taccuino di viaggio annotò:
"Indaco il cielo, mare d'argento,
vento, luna, surfista solitario",
poi il tizzone del sole si spense
nel mare arato dalla tramontana.
Cannonate furiose di frangenti
rodevano le rocce color ruggine;
mare di zinco sotto la trapunta
del cielo stellato a Capo Sounion;
isole nere come leviatani
in rotta a nord-est, verso i Dardanelli.
Lontano, il rombo di una discoteca
e l'ombra impressionante dell'Eubea.

Il 21 giugno viaggiarono al termine
della notte più corta dell'anno
e aspettarono l'alba del solstizio
in cima al Licabetto solitario,
il monte che una volta era dei lupi,
davanti al panorama dell'Acropoli
e al cielo che veloce impallidiva.
Chiamato dal ronzio dei calabroni,

il sole greco sorse, poi brillò
come un doblone della Martinica:
allora Maša, colpita dal dardo,
a braccia larghe da sola ballò
schioccando le dita, e mormorando
formule antiche, quasi un esorcismo,
ripercorrendo a memoria un'antica
danza chiamata dai greci rebetiko,
piena di vita e di malinconia.
"Per chi balli, mia piccola Dizdarević?"
disse Max appoggiato a una ringhiera.
"Per il sole io ballo," lei rispose,
"ballo per il trionfo del solstizio";
e fece così perché era cosciente
che la notte la stava conquistando
un po' alla volta come nera pece.
Dormirono, esausti, tutto il giorno,
cenarono barbunia e vino bianco
in una bettola di pescatori,
poi il cielo mandarino andò a dormire
in una baraonda di gabbiani.

7.

"Cotogne! Gialle cotogne d'Istanbul!"

La primavera dell'anno seguente,
in un mattino che il vento passava
a ondate sul grano, Maša e il suo uomo
in piedi lì al check-in dell'aeroporto,
come se non dovessero mai più
rivedersi, si strinsero con furia
e con disperazione, mormorando
parole in una lingua incomprensibile.
Per l'ultima volta nella sua vita
la donna era in partenza per la Bosnia;
andava al funerale di suo padre,
morto solamente tre giorni dopo
aver posto il sigillo della fine
alla scrittura delle sue memorie
di grande militante antifascista.
Dopo la cerimonia con i reduci
(i pochi rimasti della brigata
che aveva vinto sul fiume Neretva),
il carro prese la strada di Vrata
attraverso le gole d'Erzegovina.
Poi Maša tornò a casa per le cure
e allora a trovarla da mezzo mondo
vennero a Vienna le quattro sorelle,
Selma con Jasna, poi Azra e Naida,
"fatte con lo stampo", avrebbe detto

mia nonna Caterina nel vederle
una vicina all'altra così uguali,
capelli alla maschietta ed occhi languidi,
bisillabe odalische e partigiane
come lei. Selma fumava da turca,
in modo accanito, tra le proteste
delle altre che però tolleravano
litigando imperterrite fra loro.
Somigliavano tutte a mamma Sanja,
perché in montagna tutto si tramanda,
sappiatelo, per linea femminile,
in special modo in terra di Balcani;
e mentre i maschi giocano alla guerra
o dicono nonsensi nei comizi,
è solo majka la vera custode
del fuoco, delle stelle e della vita.

Una sera di settembre una rana,
una rana nera (era Persefone?),
tagliò la strada a Maša in un boschetto
vicino a una panchina sul Danubio:
quella notte sul monte nell'alcova
sentì crescere un grande freddo dentro
e all'alba vide in sogno nonna Ljuba
sul ballatoio del cortile interno
della sua casa antica in Erzegovina.
"Vieni, mia cara," diceva la vecchia
ballando insieme a tutte le altre ombre,
poi scomparve con quel numero blu
tatuato sopra l'esile avambraccio.
Fu così che li prese l'inquietudine,
il desiderio di un altro viaggio ancora:
e andarono a Trieste con il vento
che con impeto arava l'Adriatico.
Li portai una sera in cima a un molo,

nell'ora in bilico quando il blugrigio
si incontra con il rosa della pesca.
Ricordo con nettezza ogni dettaglio,
lei soprattutto, che vidi la prima
volta nella mia vita (e anche l'ultima):
occhi grandi, forte profilo, stava
faccia al tramonto, schiena alla città,
col mare tutto intorno e con le Alpi
scintillanti lontano all'orizzonte.
Intanto il rosso vessillo di un ferry
in manovra con turca mezzaluna,
garriva a poppa con raffiche a dritta,
coprendo quel trionfo di montagne
già bianche di neve, mentre il barchino
dei piloti si staccava e la nave
si apprestava a far rotta verso il Bosforo.
Lui prese dal sacco pieno di vento
una Malvasia imperlata, tre bicchieri
e un cavatappi; aprì la bottiglia,
si chinò su di lei per farle bere
un sorso di quel nettare dalmatico.
Allora lei mise i piedi nell'acqua
e pensando, chissà, forse ai suoi vecchi,
disse guardando le montagne: "Altenberg,
con la morte non finisce un bel niente,
tutto continua. Non posso pensare
di avere solo un rapporto coi vivi".
Con amici finimmo in una bettola
non lontano dai camionisti turchi
in attesa d'imbarco per l'Oriente,
e lì non ebbi il minimo sospetto
che quello di Maša sarebbe stato
l'ultimo viaggio sulla terra madre.

Cominciò il freddo e ai primi di ottobre
il male oscuro si mise al galoppo

tanto da imporre un ricovero in clinica
a Klosterneuburg, a poca distanza
dalla sua casa, e dove le diedero
una singola con vista sul fiume.
In quella stanza medici e infermieri
assistettero alla sua metamorfosi,
stupefatti da quello che accadeva:
fu sufficiente un poco di morfina
e quel viso di grande patimento
si distese come una prateria
che a fine inverno si copre di crochi,
e l'occhio disseccato dal dolore
si ritrasformò in ciliegia matura.
Venne Nadira, ancora da Mosca,
sempre più bella e simile a sua madre,
ma negli occhi la pazienza infinita
presa da quel brav'uomo di suo padre.
Un giorno Max fu mandato in trasferta,
a Istanbul, solamente per tre giorni,
una partenza con preavviso zero
e poco tempo per far le valigie.
Allora lui, senza avere presagi,
solo due ore prima del decollo
corse per salutarla al capezzale.
Era stanca stavolta, ed era pallida
più del solito; la voce già roca
era diventata flebile e gli occhi
si eran fatti duri, un po' guardinghi.
Sembrava sulla tolda di una nave,
in balia degli elementi, e forse
per questo si muoveva con lentezza,
con grande economia di movimenti,
come un bravo timoniere alla barra,
come un sommozzatore nel profondo.
Ah Istanbul! Quando sentì quel nome

lei gli artigliò l'avambraccio sinistro
guardandolo con occhi spaventati,
e poiché un'unghia le si era spezzata
riuscì a ferirlo in quell'unico punto
facendo zampillare un po' di sangue.
Il viaggio... la morte... il frutto giallo...
Si stava ripetendo la canzone?
Fingendo calma, allora le disse:
"Amore mio, sta' tranquilla, ti prego,
torno presto, sto via solo tre giorni,"
ma pensava: ti porto una cotogna.
Fu in quell'attimo che una fisarmonica
a sorpresa si udì nel corridoio:
era un giovane del conservatorio
che regalava ai malati di Vienna
la sua musica; a tutti chiedeva
che motivo volessero sentire,
e al momento veloce lo eseguiva.
Entrò lì nella stanza e domandò
anche a loro qual era il desiderio
e Maša senza voce gli rispose:
"La cotogna, mio caro, la cotogna,
suona *La gialla cotogna di Istanbul*".
Ma non la conosceva il giovanotto
dal cuore d'oro, così toccò a Max
accennare al motivo con la voce,
finché il suonatore con un sorriso
le disse "sì, ora posso suonare".
Così suonò come meglio poteva,
suonò di Fatma la bella e del frutto
d'Oriente dal profumo raffinato;
e siccome ignorava le parole,
senza saperlo suonò, aman aman,
con un ultimo accordo in re maggiore,
la fine dell'amore di quei due.

Lei lo abbracciò e disse: "Dio sarà anche
onnipotente, magari onnisciente...
persino onnipresente, ma tu credimi,
è anche un po' sordo, quel tipo lassù".
Andando via, lui la baciò sul collo
e sentì che la pelle aveva ancora
il vecchio profumo di biancheria;
così gli ritornò un po' di speranza
e non si avvide che intanto la donna
vestita di nero era già penetrata
nel giardino di sotto ed aspettava.

Partì, l'aereo sorvolò il Danubio
per ben tre volte fino in Bulgaria;
vide i segni del grande Dio Serpente
lasciati sulle sabbie di Vojvodina,
incontrò Istanbul con pioggia e tristezza,
e si buttò con foga nel lavoro
per finirlo più presto che poteva.
Il pomeriggio del giorno seguente
chiamò a ripetizione, ma il telefono
della figlia di lei suonava a vuoto.
Scese la sera con pioggia sottile,
sera d'Istanbul blu senza una stella,
fumò, aprì la finestra su Marmara,
lo smog respirò a pieni polmoni,
c'erano malandate ciminiere
che uscivano da un mare di bambagia
e andavano lente verso il canale.
Urlò un traghetto, i muezzin cantarono
da Pera fino giù a Sultanahmet,
uscì per mescolarsi con la gente,
passò il chiosco di kebab, poi salì
sul metrò alla penultima fermata,
a Sarayburnu passò attorno al faro,

vide le luci a grappolo di Pera
e dal finestrino il ponte sul Bosforo
sembrava galleggiare sullo smog
come una passerella per l'altrove;
così gli sembrò, guardata dal treno,
quella parabola tra i continenti.
Scese a Sirkeci in mezzo ai pendolari,
era ormai buio, si era messo a piovere
pesante sopra le moschee acquattate
come ramarri giganti nell'ombra,
entrò nel bazar e lì, tra le urla
dei venditori d'olio e di dolciumi,
oltre una piccola friggitoria,
vide un uomo che si faceva largo
nella bolgia con un piccolo albero
giallo e gridava: "Cotogne! Cotogne!
Chi vuole buone cotogne d'Istanbul?".
Per un momento lungo nel mercato
formicolante di turchi ci fu
soltanto quel richiamo e quel profumo,
l'odore rugginoso e inconfondibile
della bitorzoluta mela gialla
coperta di peluria come il capo
di un neonato. A Max si fermò il cuore,
un torrente gli invase naso e occhi,
l'avambraccio riprese a sanguinare,
le palpebre divennero di piombo.
Quello che lo lasciava stupefatto
era l'incedere del venditore,
pareva un dignitario di Bisanzio
o Salomone in testa al suo corteo
verso le terre di Saba regina;
e come Salomone tra i nubiani
portava rami anche lui, scintillanti
d'oro tra la folla urlante del suk.

"Cotogne! Gialle cotogne d'Istanbul!"
annunciava spingendo nobilmente
un carro miserabile a due ruote
su cui aveva sistemato l'albero
in bilico assieme ad altre pepite
rese lucenti dalla pioggia fine.
Fu allora che tra i turchi si sentì
il parlottio di una lingua straniera
che filtrò con brusio di carovane
da Bosnia, Macedonia e Bulgaria.
E il film così si mise in moto: c'era
la caffettiera bosniaca di ottone
in un cucinino azzurro di Vienna:
il pizzicato di un contrabbassista
nel piccolo jazz club dietro Sankt Ruprecht;
un Traminer al profumo di pesca
versato da Drechsler il taverniere
in una caraffa orlata di verde;
i camerieri del caffè Hungaria
che tentavano di non sghignazzare,
neve-farina nel cielo di Budapest;
tornò anche il vento in cima al promontorio
di Capo Sounion vicino ad Atene,
e si vide anche Maša che ballava
per il sole nascente al Licabetto.
Corse in un vicolo per non mostrare
il pianto ed urlare il nome di lei
"Maša," rantolò, e poi tornò indietro,
afferrò il venditore per un braccio
e gli volle comprare i frutti più belli,
gli mise in mano il doppio della cifra
e uscì a passo di corsa dal bazar
urtando mercanti e sacchi di spezie
seguito da turche maledizioni.

Nero di seppia, il cielo friggeva,
un cielo di novembre color piombo,
un pentolone strapieno di anime;
l'albero giallo allora generò
come una nuvola elettromagnetica
che tolse l'audio al frastuono del suk,
paralizzò i telefoni portatili,
fermò il fotogramma del movimento,
bloccò la folla come un incantesimo
e scatenò una tempesta su Istanbul,
così terrificante che per un attimo
i minareti di Fatih sembrarono
missili puntati contro l'Eterno
e sopra la città dei bizantini
fulmini azzurri fecero qualcosa
di simile a un'aurora boreale.
Saltò su un taxi, gridò "Sultanahmet!",
ma in quella bolgia ci mise una vita;
così tanto che se ne andò di corsa
infradiciandosi da capo a piedi
tra gli scogli e le mura del serraglio;
poi salì nella camera d'albergo
senza prendere neanche l'ascensore,
rifece il numero, aspettò di nuovo
e questa volta qualcuno rispose,
una voce lontana e disturbata,
che pareva venir dall'altro mondo.
"She has just died," gli sussurrò Nadira
che solo inglese parlava con lui.
"È appena morta, moj dragi prijatelj,
è appena morta, amico mio caro,"
e gli disse che pochi istanti prima
una gran donna vestita di nero,
con neri orecchini e neri ornamenti,
dolce, severa e con passo solenne,

una nobildonna dell'Ottocento
che nessuno aveva visto passare
né in portineria, né nei corridoi,
era entrata di colpo nella stanza
per prendere Maša e portarla via.
Disse di aver tentato di respingerla,
di avere usato tutte le sue forze,
ma la gran dama le aveva detto: "Vattene,
ora è il momento mio", si era chinata
su sua madre, l'aveva fatta alzare
e poi portata fuori nella notte,
verso le prime radure del monte.

Pioggia gelata flagellava i ponti,
il cielo pareva un branco di lupi,
Max chiuse il telefono e si fermò,
osservando sull'avambraccio nudo
la traccia degli artigli di lei viva.
Soltanto una cosa avrebbe potuto
fermare quel destino maledetto:
era il frutto che doveva prendere,
e forse non aveva preso in tempo,
la misteriosa žuta dunja, la gialla
meraviglia della città imperiale.
E invece Maša, la bella di Bosnia,
dagli occhi come grani di uva nera,
era morta aman aman senza avere
quella cotogna aspettata da Istanbul.

Dicono che quell'undici novembre
a Vienna il cielo si abbassò talmente
da sembrare la chiglia di una nave
incrostata di anemoni di mare;
odore di sentina fu avvertito
anche nel Graben, e videro in tanti

la carena di una nave grattare
nelle nubi il galletto segnavento
in cima alla guglia di Santo Stefano.
Le voci dei passeggeri rinchiusi
nella cambusa di quel bastimento
distintamente furono sentite
come attraverso un sonar planetario
da quelli che passavano sul Ring;
era il segnale che per pochi attimi
le porte del cielo si erano aperte
anche a quelle nevose latitudini.
Intrappolato in una ragnatela
di voli ritardati per tempeste
da Sarajevo fino al Mare Egeo,
ormai lucidamente consapevole
di ripetere alla lettera il testo
di quella sua ballata scritta un secolo
prima da qualcuno, l'ingegner Altenberg
poté arrivare a Vienna appena in tempo,
con la cotogna in mano, per assistere
al funerale di lei, e implorare
i becchini di fermarsi un momento
per consentirgli il bacio dell'addio.
Così avvenne, e con delicatezza
si avvicinò a quelle labbra di marmo
che non avevano odore di niente,
aprì a fatica le dita intrecciate
di lei, depose il frutto sul suo ventre,
come in un lampo vide ancora il polso
con sopra i numeri dell'altro mondo,
jedan osam četri pet nula devet,
che lo chiamavano come un cartiglio
dalla gola dove stanno sepolte
le pallide regine degli egizi;
guardò la fiamma ossidrica saldare

il coperchio pesante della bara,
poi vide il furgone targato Bosnia
portare senza un fiore verso sud
un corpo che non più gli apparteneva,
e s'accorse di non riuscire a piangere
perché era certo che Maša la bella,
quella vera dal profumo pulito,
si era nascosta truffando i becchini
nel letto della sua casa sul monte.

8.

Gonna lunga e vermiglia da flamenco

Sepolta nel cimitero di Bistrik
non lontano dalla sua bella casa
dove era stata maestra di guerra,
in realtà Maša se ne andò dal mondo
solamente quaranta giorni dopo.
Rimase a lungo un'occulta presenza,
e poi sparì: ma non accadde a Budapest,
a Vienna, e nemmeno a Sarajevo.
Fu in una sera di neve e di vento
alla stazione di Brück an der Mur,
buco dimenticato della Stiria
dove si incontrano i treni dell'Est.
Aveva aspettato Max per due ore
per via di una mancata coincidenza,
naufrago nella neve, tra una Gasthaus
surriscaldata e una gelida sala
d'attesa a leggere settimanali.
Stava tra i passeggeri resi cupi
da quel disservizio così infrequente
nel piccolo paese subalpino,
quando accadde che la porta centrale
si spalancò con un colpo di vento
e tra i montanari spinse una zingara
dalla magnifica treccia corvina.
Gonna lunga e vermiglia da flamenco,

un neonato nel fagotto sul fianco,
chiese dei soldi e i suoi occhi di fuoco
lasciarono gli astanti senza fiato.
In quell'istante, proprio in quell'istante,
la bella Maša volò, con un soffio,
verso gelidi spazi siderali;
senza parlare da Max se ne andò,
risucchiata dallo sguardo regale
di quella donna selvaggia in attesa
di una moneta, in terra straniera.
Sopracciglia, mascella, naso e zigomi,
quel volto spigoloso dei Balcani
che Max perfettamente conosceva,
aveva fatto l'ultimo incantesimo:
e solo allora Altenberg capì
di esser rimasto da solo nel mondo.

Un giorno, chiacchierando al caffè Drechsler
il vecchio amico Kern gli aveva detto
che chi abbiamo amato spesso rimane
presente nell'aria per qualche tempo
o attaccato agli oggetti della terra
per delle settimane. Basta fare
un poco d'attenzione ai suoi segnali,
lamenti, scricchiolii o certi odori,
e l'ombra si svela. Ed ora Max,
in quella stazione nella bufera,
ne fu improvvisamente certo: Maša
era rimasta presente in silenzio
nella casa sul monte. Era stato
un magnifico sogno: lui tornava
alla fine del giorno di lavoro,
chiudeva il mondo fuori dalla porta
come un paguro nella sua conchiglia;
metteva a rosolare una cipolla

e sorseggiava una birra sull'uscio
osservando le chiatte risalire
la corrente, oltre la Donauinsel.
Una sera entrò in cucina e gli venne
una voglia tremenda di cantare:
in preda a una felicità inspiegabile,
proprio lui che doveva essere in lutto,
intonò un'aria allegra e celeberrima
da *Le nozze di Figaro* di Mozart,
e siccome la casa rimandava
l'eco giusta, volle aprire la porta
e sparse tutto intorno nelle vigne
inghiottite dal viola del tramonto
le note del Farfallone Amoroso
finché tutta la valle non rispose.
Quell'eco lo rese certo che Maša
c'era ancora, e c'era anche la gioia
di cui lei era stata la custode.
A sentirlo, i vicini pensarono
che Max fosse impazzito dal dolore:
e in effetti era pazzo, non aveva
il minimo desiderio di andare
a Sarajevo a portare una rosa,
una rosa gialla, naturalmente,
perché la tomba, quel buco profondo,
non aveva a che fare col suo amore.

La notte ridava vigore al fuoco,
apriva la dispensa per mangiare,
leggeva due strofe di *Evgenij Onegin*
e subito, come per incantesimo,
Maša si rannicchiava accanto a lui.
E strane cose accaddero lì dentro:
vide una volta che attorno al suo letto,
nel dormiveglia che porta al mattino

volavano cartigli e pergamene,
brandelli di Talmud, ma scritti in versi,
note d'alchimista dense di formule
incomprensibili, profumatissimi
doni, primizie venute da Oriente,
melagrane e frutti della passione,
limoni e gialle cotogne di Istanbul.
Quasi sempre era all'alba che accadeva:
fulminazioni di sillabe e immagini
prima del giorno tendevano agguati,
Max si girava nel letto e gemeva,
si sentiva astronave nello spazio,
ripetitore di suoni e frequenze
trasmesse da qualcuno chissà dove.
Vennero le visioni e spesso erano
portate dalla notte che finiva:
leoni marini si rotolavano
tra relitti di velieri spagnoli,
nel buio denso passavano treni,
sferragliavano comete di fuoco
in un nevischio di costellazioni.
La casa si era riempita di sogni,
ma solo Maša nei sogni non c'era,
per il semplice fatto che era ancora
lì accanto a lui, nella stanza con vista
sul grande fiume, e non se ne andava;
era presente con anima, corpo
e il suo profumo buono di bucato.
Per questo lui non sentiva tristezza:
sapeva d'essere il solo a poterla
vedere, l'unico vero padrone
di quella creatura giunta da altrove.
C'era nel letto la sua calda impronta
e Max vi entrava come un cane in cuccia.
Andava e veniva da quella casa

e qualcuno gli suggerì che il suo
era un nomadismo tutto talmudico,
qualcosa di simile a una preghiera.
Tutto durò quaranta giorni esatti,
il tempo dei digiuni e delle fughe,
per finire una sera all'improvviso
in quell'incontro di vento e di neve
con la zingara dagli occhi di fuoco.

Dal momento in cui vide quella donna
alla stazione di Brück an der Mur,
non ebbe più un solo istante di pace;
il viaggio fino a Vienna fu una pena,
sferragliamenti e cigolii sinistri
con fermate inattese in mezzo al nulla,
e quando il treno arrivò alla stazione
Max corse al colle in preda alla paura,
sfondò quasi la porta della casa
e come sospettava la trovò
col vento che faceva da padrone,
desolatamente vuota. Da allora
più niente, raccontò, fu come prima.
Lei era sparita insieme al suo odore;
era cornetta muta, letto freddo,
scarpette vuote, fuoco spento, birra
che nessuno metteva più nel frigo
per lui che stanco tornava la sera.
Capì che Maša in quell'inverno gelido
era scesa anche lei lungo la Sava,
come la nonna e con lo stesso numero,
uno otto quattro cinque zero nove,
verso le terre perdute dell'Ade.
Mise una candela sul davanzale,
come lei aveva fatto per Vuk
e per Duško, il padre delle figlie,

che aveva amato soltanto a metà.
Certi giorni discendeva Baba Jaga
dalla Siberia con raffiche tese,
il Wienerwald diventava scogliera
e la Pannonia l'oceano giurassico
ch'era stata, e allora la risacca
della malinconia batteva il cuore
di Altenberg, che se ne stava ore
a guardare le nuvole d'inchiostro
ribollire con tutti i loro fulmini
sul Monte Calvo frustato dal vento
che aveva fermato l'onda dei Turchi.
Cercava la sua birra, si ubriacava
e la fermentazione lo invadeva
fino alle buie radici dell'anima.
Un giorno si guardò allo specchio e disse:
"Mio Dio, ma io di lei che ne sapevo?
Che ne sapevo, che ne so di lei,
della sua vita e dei suoi vecchi amori?
Vita non era quella che vivemmo...
era un'isola lontana dal mondo.
Cosa ho amato," urlò, "solo un feticcio?
Ditemi, cosa ho avuto tra le mani?
Ditemi!". Ripeté la sua domanda
picchiando con il pugno sullo specchio
che frammentò il suo viso in mille pezzi.
"Io l'ho usata per vivere un romanzo...
l'ho sequestrata per abbeverarmi
all'ultimo zampillo preziosissimo
di quella vita sua che se ne andava."
E pianse, disperatamente pianse
per un misto di amore e di vergogna.

Quasi gli avesse letto nel pensiero,
venne Nadira una sera di maggio

con una scatola grande di latta
tutta piena di foto di famiglia.
Max le aveva preparato la zuppa
di Bärleuch, piatto tipico di Vienna,
erba selvaggia che cresce nei fossi
dalla Luna piena di Pasqua in poi,
e dopo un sorso di vino frugò
nella vita del suo amore sconosciuto
lì nello scrigno pieno di memorie.
Vide lei bambina in braccio al padre
su una spiaggia istriana con le sorelle
Jasna e Selma; e ancora Maša splendida,
a 25 anni, cosce nude
come una mondina, sulla ferrovia
in costruzione da Zenica a Doboj
con i pionieri della Jugoslavia
(lei teneva, disse la figlia, epiche
corrispondenze per un quotidiano
di Sarajevo); e poi ecco, c'era
Sanja, la madre, dal duro profilo,
alla festa delle nozze d'argento;
ed anche vide con ammirazione
il padre in una marcia partigiana,
quando il comandante, per pungolare
il plotone troppo stanco, gridava:
"Dizdarević, vai, in testa e cantare!".
E poi Maša felice da morire
che si scalda al fuoco di un bivacco
nei boschi tenebrosi di Treskavica,
assieme a due alpinisti e ad un'amica.
Ma ecco ancora lei col muso lungo
obbligata a spogliarsi dai goliardi,
con reggiseno e corona d'alloro;
Maša serissima in foto di gruppo
con la sua prima classe elementare,

in gonna nera e fazzoletto in testa;
il nonno paterno, il vecchio Zlatko,
che passa superbo al piccolo trotto
lungo la strada di Vrata selvaggia,
occupata dagli alpini italiani.
In quella lunga galleria d'immagini
non c'era nulla o quasi dei suoi uomini.
Niente di Duško, niente di Vuk,
Max stesso era passato come un'ombra:
nessuna foto della loro unione.
Si accorse che di lei era restato
soltanto quel doppio graffio sul braccio
che ripetutamente sanguinava,
una stigmate ignorata da Dio.

Una notte in un sogno verso l'alba
Maša lo strattonò nel dormiveglia
e mormorò: "Non sei tornato in tempo,
Max, mi hai lasciato morire da sola".
Lui fece per difendersi nel sonno,
rovesciò l'abat-jour dal comodino
e articolando a fatica le parole
disse: "Želim da ostarim sa tobom",
voglio invecchiare con te, una frase
che non aveva ormai più nessun senso
e aveva ripetuto tante volte
solo a se stesso mentre lei moriva,
per fermare la marcia del destino.
Dei sogni che fece dopo quei giorni
Max rifiutò sempre di parlare;
e così niente avrei potuto scrivere
su questo lato intimo di lui,
se non fosse accaduto che suo figlio
Rafael, avvertito da qualcuno
che indagavo sulla vita di Max,

un pacco mi spedì con un corriere,
e il pacco conteneva un quadernone
ben rilegato a mano in tela gialla,
trovato tra le carte di suo padre.
Sul frontespizio stava scritto "Träume"
(in tedesco vuole appunto dire "sogni"),
dentro c'erano sessantasei pagine,
riempite con gli inchiostri più diversi,
di appunti minuziosi messi giù
con pessima e mutevole scrittura.
Era all'inizio segnata la data
28 dicembre del 2003:
tutto perfettamente coincideva
con la sequenza del nostro racconto.
Nulla su questo ho dovuto inventare:
quanto segue è la riproduzione
di quelle pagine senza modifiche,
come si può vedere da un esempio.
Pagina 16, con stilografica
blu di Prussia e parecchie correzioni:
"Monastero di Niederstein, febbraio,
notte, la pendola batte le tre.
Cella 24, non riscaldata.
Passati tre mesi. Tuoni ed insonnia,
rumore di passi nel corridoio.
L'eremo trema come un bastimento
nella tempesta, il bosco ruggisce
si agita, ulula, sembra mare,
sinfonia planetaria, litania.
Esco nel corridoio tra le celle,
la cerco e la vedo sullo scalone
che sale al piano dalla sacrestia,
Maša vestita di nero sta immobile
accanto alla porta dello scriptorium,
collo di cigno con un nastro nero.

Tace, mi guarda, scalza, con rimprovero,
pallida e di bellezza insopportabile,
come una madonna di Lucas Cranach;
notte infinita, paura del buio,
un lampo viola illumina la pendola.
L'ombra svanisce, freddo, il gallo canta."

Ma ecco un altro sogno di febbraio,
il 25, verso la mattina.
Sul quadernone in tela gialla è scritto
quanto segue alla pagina 21:
"Trieste, vecchio porto, un po' di pioggia,
labirinti di passerelle e ponti,
palafitte con magazzini e gru,
casa di sette piani defilata,
silenzio, lunghe scale da salire,
appartamento vuoto e luminoso,
una grandiosa finestra sul mare,
architetture asburgiche cadenti,
yacht monumentali, arrugginiti.
Maša è lì con Gunter, un ufficiale
di marina più giovane di me
che si è comprato proprio quella casa
ed ora vuole abitarci con lei.
Ed ecco un piano-bar lungo la strada,
c'è traffico, ma nessun rumore,
lei accenna due, tre passi di danza,
è radiosa, con un vestito nero;
è un po' più vecchia eppure più bella".
E poi c'è scritto con grandi caratteri
e una sottolineatura forte:
"Gelosia, come mai nella mia vita".

Ancora a caso, a pagina 16,
Altenberg scrive con inchiostro viola:

"Ultimo mercoledì di febbraio,
casa sul Kahlenberg, notte di pioggia,
ore 3.30, poi niente più sonno.
Tengo gli occhi chiusi per ricordare
meglio i fotogrammi della visione.
Ripida strada in selciato, io salgo
verso una piccola casa isolata;
cammino sull'orlo di una falesia
un mare verde, ventoso con schiume,
tempo atlantico di pioggia leggera,
niente traffico e nemmeno passanti,
ho l'impressione di un luogo già visto,
un luogo dove son stato felice.
Risento le voci dei miei bambini,
rivedo vecchi sentieri percorsi
con loro, forse in Bretagna, chissà.
Busso, entro, e chi incontro? Jan Poljakov,
ha sempre la sua faccia da brigante,
non lo vedo dal tempo della scuola,
la mia Kreuzschule, e lui è vestito
da capostazione; ridiamo insieme,
saliamo al primo piano sul terrazzo
e cantiamo a due voci una romanza
(credo che fosse, sì, *Bergvagabunden*).
Dalla terrazza mi sporgo sul mare
e in fondo a circa 400 metri
vedo Maša in tuta nera e scarpette;
corre in salita con passo leggero,
proprio lei, grandi occhi neri e capelli
color rame, mi sale quasi incontro,
ho un tuffo al cuore, mi sbraccio, ma lei
non mi vede, è tutta concentrata
nella corsa; urlo il suo nome, Maša,
e allora sì, stavolta se ne accorge,
negli occhi ha come un lampo doloroso

una breve esitazione, poi passa
sotto casa, ma senza rallentare;
allora corro, scendo a precipizio,
apro la porta, esco sulla strada,
scatto veloce in salita per prenderla
dico a me stesso: stavolta o mai più,
ma ho suole di cuoio, le scarpe scivolano
sull'asfalto liscio, perdo terreno,
sono impacciato, ho giacca e cravatta,
urlo ancora 'Maša' ma sono afono,
ho il cuore a mille, la voce non esce,
lei è lontana, non si volta più,
scivolo ancora, il vento rinforza,
il mare tuona sotto la scogliera
e lei scompare in cima alla collina.
Mi sveglio nella tenebra, ho un dolore
micidiale tra sterno e basso ventre,
sento che il corpo è invecchiato di colpo,
è pieno di vento e porte che sbattono,
la vita va via come un fiume in piena".

Venne novembre ed il graffio di Maša
lasciava ancora una traccia visibile.
Con quel doppio segno sull'avambraccio
si sentiva così, uno diverso;
scappava nel trentesimo distretto
a ruminar malinconie e memorie
col primo barista che capitava,
bastava avesse l'accento un po' slavo.
Era esule, esule di Bosnia,
divenne quella la sua vera patria;
si mise in cerca di birre balcaniche,
di cevapi con cipolla e kefir,
e si tuffò con voluttà suicida
nella turchitudine dei Balcani

finché capì che la separazione,
anziché diventare un anestetico,
spingeva al massimo il suo desiderio.
Viveva ancora sessualmente in lei,
a questa verità doveva arrendersi;
Maša era terra, questo sentiva,
era il lento tamburo della terra,
era le sue scarpe, era il cammino;
ed era alla terra che lui voleva
tornare oscuramente. Così andò
ancora una volta dal vecchio Kern
e gli chiese di fare un esorcismo,
di estirpargli quella dannazione.
Matusalemme gli rispose: "Ascoltami,
da pellegrino è bene che tu vada,
lontano, fino alle porte dell'Ade;
andare con calma e senza paura,
a piedi fino al luogo di Euridice.
Vai verso Zora, le terre dell'alba,
senza mappa, con le costellazioni...
arrenditi alla strada e pensa sempre
che non sei tu che devi fare il viaggio
ma è il viaggio che costruisce te".
Vennero corvi su Vienna quella sera
e abbrunarono i platani del Ring;
urlavano i gabbiani, l'usignolo
fischiò tutta la notte nel giardino
come fosse d'aprile, ma le nubi
già aspettavano all'ancora il buon vento
perché la nave mollasse gli ormeggi
e cercasse la sua rotta a sud-est
orientandosi solo con le stelle.

9.

Seguì il Grande Fiume fino a Mohács

Gonfiò le selve il vento d'ottobre,
gli uccelli migratori se ne andarono,
e dopo una brutta estate di pioggia
divenne pura l'aria del mattino.
Di sera il luccichio della pianura
parlò di lei, un lumino rossastro
mai visto prima scintillò nel buio
lontano dalla parte dei Carpazi
e fu così che senza alcun annuncio
Mercurio alato messaggero venne
e disse a Max di andare lontano.
Prese il suo rucksack e dentro ci mise
un'icona pieghevole da viaggio,
il pentolino per il caffè turco
e un quaderno per stendere gli appunti,
poi partì a piedi verso la sua Bosnia.
Della storia, questa è l'unica parte
di cui Max nell'anno 2003
ci abbia lasciato un bel testo completo;
un racconto che venne pubblicato
sulla "Wiener Zeitung", con un successo
imprevisto di critica e lettori.
La gente disse che mai si era visto
un ingegnere, un uomo di numeri,
scrivere in modo così visionario

dei grandi spazi laggiù nei Balcani.
Prinz Eugens Weg fu il titolo prescelto,
la strada gloriosa del condottiero
che aveva respinto i Turchi ottomani
dopo l'assedio fallito di Vienna.
La storia piacque talmente che subito
venne tradotta da alcuni giornali
bulgari, turchi e dell'ex Jugoslavia.
Me ne servirò per ricostruire
nel miglior modo quei giorni febbrili,
magari citando, se necessario,
alcune frasi del protagonista.

Partì, passò un villaggio dopo l'altro,
e presto lo raggiunse il figlio Andreas.
Non c'è niente di meglio del cammino
per costruire un po' di intimità,
e lui voleva stare con suo padre;
così da soli insieme se ne andarono,
fino al confine tra Austria e Ungheria.
Laxenburg, Hornstein, Siegendorf, Klingenbach,
era bello vederli camminare
quei due, così somiglianti tra loro;
i colli erano ruggine e lavanda,
i fiumi color malva nella sera.
Andando sul sentiero con Andreas,
Max ricordò che il figlio da bambino
gli aveva detto un giorno che l'amore
(intendeva il suo amore per il padre)
stava nella pancia, e non nel petto;
"sevdah!", la bile, tutto coincideva,
così fu preso da gran tenerezza
per quel suo primogenito che aveva
sempre chiamato "mio cuore di noce".
Un giorno, a cena, il groppo si sciolse

e il padre finalmente raccontò
al figlio che ascoltava con rispetto
quanto l'incontro con quella straniera
gli avesse raschiato il fondo dell'anima:
da allora tra di loro cambiò tutto:
divennero compagni e camerati,
soldati dello stesso battaglione.
Una locanda, una zuppa calda,
poi una sigaretta nel tramonto:
per stare insieme nient'altro serviva.
Tre giorni dopo il più giovane vide
partire il più vecchio da una stazione
ferroviaria e poi diventare un punto
lontano verso il cielo di Pannonia,
in mezzo ai campi pezzati d'autunno.

Sopron, Deutschkreuz, Kroatische Minihof
e poi Harpács, Tormás, Iklanberény;
gli crebbe la barba, divenne selvatico,
nella sua vita era la prima volta
che viaggiava completamente solo.
Gli venne lo sguardo dei tibetani,
imbambolato, ma non per la quota:
piuttosto era il distacco dalla vita,
che cominciava a lavorare in lui.
Il tempo gli divenne illimitato
e l'Europa anziché dilatarsi
gli sembrò il giardinetto dietro casa.
A Sárvár salì su un treno per Ajka,
passò a piedi le colline del Balaton
e un maniero di nome Zandovár;
traghettò dal promontorio di Tihany;
nel Somogy respirò letamai
e vide zucche enormi in bella mostra.
Binari morti, zingari e cavalli,

tutto fluttuava come in un bicchiere
d'acqua e Pernod nell'ultima provincia
della Francia, e lì accadde di domenica
che in un villaggio di cui non so il nome
una matura cameriera in Dirndl,
capelli corti e nastro nero al collo,
gli strizzò l'occhio come invito esplicito.
Ma Altenberg non vide quell'avance,
altre cose cercava in quel momento,
vide piuttosto che dopo il tramonto
nelle concavità della boscaglia
restava stranamente intrappolata
una finissima polvere d'oro;
era giunto davanti alla Pannonia,
che gli sembrò il fondale prosciugato
di un mare senza fine, preludio
della steppa, con nuvole giallastre,
fiumi nomadi, cavalli e battellieri.

Accade che nei viaggi ci sia un'ombra
che ci cammina a fianco o ci precede;
in questi casi avvertirla è possibile,
perché i passanti che andremo a incontrare
negli spazi più aperti e solitari
ci diranno della presenza arcana.
Invece, l'ombra che segue si nasconde:
nessun viandante ti potrà avvertire,
a meno che non cammini più forte.
Così accadde che in mezzo alla pianura
i passeggeri di un bus, presso Tab,
videro a distanza un uomo che andava
gesticolando nei campi di mais;
andava solitario nella bruma
grigioazzurra, intento nel cammino,
come se il mondo non lo riguardasse.

Videro anche, con lieve apprensione,
prima che il bus prendesse un'altra strada,
che c'era una donna vestita di nero
che lo seguiva, instancabilmente,
una donna dagli zigomi tartari
e negli occhi un nero lampo d'Oriente.
Lui sentiva quell'oscura presenza
e si voltava ogni tanto a guardare,
ma non vedeva nient'altro che bosco
o foglie arrugginite delle viti.
A Gyulaj un cervo gli attraversò
la strada nella bruma di mattina
con un palco di corna gigantesco
(ottobre è la stagione degli amori).
A Tevel fu ospitato in una casa
da tre vecchie sorelle che affettavano
mele da essiccare, accanto al fuoco;
e nella sua stanza, appesa a un muro,
una Madonna nera bizantina
lo guardò lungamente nella notte.
Dormiva di rado, non si fermava
se non per mangiare o bere a una fonte
e anche di notte orologi-metronomi
continuavano a ritmare il cammino.
Quando arrivò sul Danubio riprese
a fare sogni prima del mattino:
pezzi di vita tornavano a galla,
il mare di Sicilia e i suoi bambini,
i racconti di Russia di suo padre,
il buon odore di erba cipollina
che dalla cucina usciva al tramonto
negli anni felici del dopoguerra.
Nel suo quaderno annotò un sogno strano:
era steso in un letto con sua moglie
in una stanza con due porte buie

aperte su dei tunnel senza fine;
a un tratto sentì un rumore di treno,
urlò "togliamoci! Passa di qui!",
lei gli rispose "ma non sento nulla",
sorrideva ancora un po' assopita
e davvero sembrava non udire
lo sferragliare che si avvicinava;
allora lui si alzò e con un urlo
da samurai riuscì a dare una spinta
al letto appena in tempo perché il treno,
immenso, nero, con locomotiva,
passando su invisibili rotaie,
non schiacciasse ogni cosa attraversando
tutta la stanza con rombo d'inferno.
Seguì il Grande Fiume fino a Mohács,
là dove i Turchi avevano sfondato
verso nord in direzione di Buda,
facendo a pezzi i cristiani nell'anno
ventisei del sedicesimo secolo.
Piantò la tenda a due passi dall'argine
e all'alba lo svegliò una nebbia fitta,
quasi tombale, che lo intirizzì;
uscendo all'aperto diede la sveglia
a uno stormo di aironi cinerini
che si dispersero senza rumore;
e quando il sole dissolse la bruma,
guardando a est, vide che tanti fiumi
confluivano in quel punto d'Europa
formando un acquitrino sterminato,
che si tingeva di giallo al mattino.
Fu lì che si svegliò la tramontana:
così il vento, la strada e la corrente
assunsero la stessa direzione
e gli dettarono il ritmo più giusto

di quel viaggio che diventava storia
sul filo rosso della longitudine.

Entrato in Croazia là dove gli ultimi
canneti del fiume vanno a morire
contro le prime colline del Sud,
si accorse all'improvviso che le vigne
erano diventate un pentagramma
con i pàmpini al posto delle note,
e dettavano il ritmo della storia
indicandogli il sentiero migliore
verso la confluenza con la Drava.
Parlava da solo, e le parole
gli uscivano rotonde, con le pause
perfette al punto giusto della frase.
Allora cominciò a mettere insieme
le note del viaggio; lo affascinava
soprattutto il legame misterioso
tra i luoghi e i loro nomi secolari
(Banato, Vojvodina, Baranja e Srem)
sopravvissuti alle dominazioni
e sconosciuti alla gente dell'Ovest.
Si fermava soltanto per buttare
pensieri solitari nel taccuino:
si sedeva sul bordo della strada,
consultava le mappe e ripartiva.
A Osijek passò il ponte sulla Drava,
tornò sul Danubio, e la riva destra
divenne ripida roccia giallina.
Ahi Vukovar, conosco bene il luogo,
la sua falesia abitata da rondini:
il colle è traforato da cantine,
un labirinto nel quale si dice
si siano asserragliati i guerriglieri
di Željko Ražnjatović detto Arkan,
colui che diede inizio, ricordate,

al conflitto in Croazia con la strage
di poliziotti a Borovo selo,
un villaggio sul fiume lì vicino.
Dall'altra parte sentivi venire
il doppio colpo del cecchino, l'eco
dei mortai, il sinistro crepitare
del kalashnikov, e Max camminando
a lunga falcata verso il confine
della Serbia, poteva rivedere
il film della guerra, che colse tutti
di sorpresa nel maggio '91.
Fu accolto in un albergo della curia,
un posto che pareva una fortezza
e aveva cento stanze numerate
tranne la sua; faceva un freddo cane,
cenò con le tonache, e notò
un eccesso d'aglio a centro tavola.
Dopo una grappa incendiaria alle pere
e uno scongiuro contro i maomettani,
un francescano che tutti chiamavano
frate Mitra lo portò alla sua stanza,
dove trovò uno scorpione nel letto
e un rosario di ferro sul comò.
L'indomani, con l'animo in tumulto
disse addio alle scogliere maledette,
seguì il Danubio ancora per due giorni
e sul confine gli agenti croati
lo derisero perché andava a oriente
solo e tapino, tra i branchi di lupi.

In Serbia c'era una paura strana
e una gran solitudine nell'aria:
sulle colline della Fruska gora,
terra di anacoreti e di guerrieri,
sbucando dalla macchia all'improvviso,

fece sobbalzare un monaco solo
vicino al borgo di Crveni čot,
e quando bussò a una chiesa sul colle
il pope gli urlò, puntando il fucile,
che per lui era meglio cambiar aria.
Ma poi il cielo si aperse all'improvviso
come succede solo sul Danubio.
Nella fortezza di Petrovaradin,
turrita come il ponte di una nave
sulla sterminata, verde Vojvodina,
trovò da dormire in quello che fu
l'alloggio dei sottufficiali austriaci:
la posateria era ancora la stessa,
con il marchio dell'Impero defunto
ben inciso sui manici di peltro.
Petrovaradin! Il giallo splendeva
a perdita d'occhio verso l'Oriente;
meli e splendenti alberi di caco
punteggiavano il paesaggio d'autunno.
E che dire del sole che sorgeva
verso le prime colline rumene,
simile proprio a una gialla cotogna!
E poi la Luna color pergamena
che si levò lontano dai Carpazi
al limite estremo della pianura,
salutata dai cani dei villaggi
e con attorno un alone incendiario...
Fu allora che oltre il fiume si sentì
il rumore dell'esercito turco,
una marea di uomini e cavalli
in marcia verso Vienna con cannoni,
tamburi e il suono tremendo dei gong;
sentì odore di polvere e di sangue,
puzza di soldataglia e di animali,
e persino il profumo delle donne

portate al seguito dei generali,
finché, travolto da quella visione,
volle comporre un numero qualunque
(il prefisso non aveva importanza)
e un messaggio sparò verso le stelle,
che, lapidario, diceva così:
"Ora, la Luna su Petrovaradin",
parole in volo come una cometa
che qualcuno avrebbe visto risplendere
chissà dove, in quale mese ed anno
in un angolo del freddo universo.
Lì l'uomo sulla strada del Prinz Eugen
a picco sui meandri del Danubio
ebbe la sicurezza che la storia
sarebbe finita proprio sul Bosforo,
perché lì tutto riacquistava senso,
Vienna, Buda, Belgrado e Sarajevo;
lì tutto combinava per miracolo
davanti al muro della Grande Porta.
A Petrovaradin si mise a scrivere
la strada del geniale condottiero
venuto dalle terre dei Savoia
per sbaragliare l'esercito turco,
e in quella storia gli piacque esplorare
il legame tra metrica e andatura
e quello tra paesaggio e narrazione;
ora aveva capito che doveva
arrendersi completamente al viaggio,
come gli aveva detto il vecchio Kern.

A Novi Sad prese l'ultimo treno
per Belgrado, si tuffò nella notte,
il suo vagone era surriscaldato,
poi ci fu un guasto, e già a Stara Pazova
si ritrovò completamente solo

nello scompartimento senza luce.
Arrivò di notte il 28 ottobre:
Beograd, stazione, ore tre del mattino,
pioggia d'autunno e fumo di camini,
tempo e luogo della disperazione.
Nella penombra un po' prima dell'alba,
lungo via Brankova, al numero 11?,
resse allo sguardo di una pescivendola
che trascinava una vasca strapiena
di carpe impazzite verso il mercato.
Era un po' Parca, Demetra e Persefone:
la guardò dritto negli occhi e trovò
per un attimo come in un fondale
la sua bosniaca indurita dal tempo.
Sentì nel cuore un tuffo insopportabile,
l'ennesimo, forte e quasi mortale;
sentì un richiamo lungo da vertigine;
poi fu un pianoforte in Knez Mihajlova,
l'odore dei caffè sul Kalemegdan.
E il sole scintillò su Stari Grad.
All'hotel il cameriere gli chiese
cosa volesse come un ultimatum
e la notte nella stanza vicina
si sentirono degli sbattimenti
selvaggi come i pesci della serba
costretti nella vasca del mercato,
poi fu un grande fracasso di stoviglie
seguito dalle urla di una donna
che piangeva d'orgasmo e di furore.
Non restò a Belgrado, era una trappola,
e l'indomani di primo mattino
traversò nella pioggia verso Boljevci
sulla riva sinistra della Sava,
dove gli venne la febbre ed un vecchio
lo curò per due giorni con la rakija

nel latte bollente e l'acqua di mele.
A Obrez si imbatté in un matrimonio,
čevapčići, crauti e birra alla spina,
e ottoni lucidati dagli zingari.
Lì fu solennemente nominato,
prijatno, molim vas e hvala lepa,
ospite d'onore e messo a sedere
in mezzo a serbi grandi come armadi,
poi dovette ballare con la sposa
e per poco non gli tornò la febbre.
Sognò quella notte armate di spettri,
squadroni di cavalleria al galoppo
che caricavano all'arma bianca
e poi si dissolvevano nel nulla
come la nuvolaglia d'alta quota
sull'orlo ventoso di una montagna;
all'alba si accorse che un topolino
era salito in silenzio sul letto
e guardava aspettando qualcosa.

A Šabac prese un treno per la Drina,
salita lenta verso monti cupi,
stazione di Zvornik, un minareto
abbattuto, i segni della guerra.
Continuò a piedi, era zona di serbi,
in una locanda persa nei boschi
arrivò con lo stomaco in disordine
e chiese una minestra di verdure,
anche se i piatti eran tutti di carne.
Allora l'oste, che odiava i tedeschi
e andava matto per scannar maiali,
al momento di portargli la čorba
ringhiò guardandolo torvo negli occhi:
"E tu magari sei pure un finocchio".
Ma Max non abboccò alla provokacija,

anzi in risposta rise a crepapelle,
rise di cuore sul muso del serbo
e non mostrò la minima paura,
come davanti ai Turchi Marko Kraljević,
un mito nelle saghe dei Balcani:
così finì per ridere anche l'oste,
che fu conquistato dalla sua calma
e gli mise nel sacco quasi a forza
un libro incomprensibile in cirillico
sulla storia del Kosovo perduto
con disegni di monaci impalati
dagli Ottomani venuti da oriente.
Il paesaggio divenne più montuoso,
punteggiato di gole e fortilizi;
nel cuore della notte sentì i lupi,
un ululato lungo, siderale,
come la voce di un'anima persa.
La terra aveva, annotò sul taccuino,
colore resinoso di alveare,
i colli erano come la criniera
di un bel cavallo baio, pettinati
dal vento, l'aria profumava d'erba
e brillava di polvere dorata.
Dopo Olovo trovò un sole magnifico
e fece sosta sotto un ippocastano
che risplendeva solitario, giallo,
fermo nell'aria fredda dei Balcani;
solo una foglia, un'unica foglia,
prese a vibrare, inspiegabilmente,
come per dirgli un segreto all'orecchio.
Al tramonto, in assenza di neve,
la terra aveva preso un color senape
con ombre azzurre negli avvallamenti.

Un passo lungo il suo, inarrestabile,
e in quell'andare, con naturalezza,

il respiro diventava litania;
un canto generava, regolare,
che talvolta di notte proseguiva
appena percettibile nel sonno,
un ansimare che era anche bisbiglio,
una lode per l'universo intero.
Frutteti, boschi e sorgenti gelate,
passò le cupe foreste dell'Ozren,
rocce, poi fango; si sentì cavallo,
o un messo in fuga dell'imperatore.
Salì su una cima di nome Buković,
il luogo dei faggi, ma Sarajevo
non si vedeva; così volle scendere
su Vogošća, dove dormì in un hotel
e dove, ululando, dei randagi,
sveglio lo tennero tutta la notte;
si chiese se non fosse uno di loro
visto che al buio poteva fiutare
come un lupo nel tempo degli amori
la città-femmina poco oltre il monte.
I cani vigliacchi tacquero all'alba,
tacque pure il terrore che si insinua
nei pellegrini alla fine del viaggio,
il battito del cuore rallentò,
lo invase la calma e il mattino dopo
non volle fare la strada più breve
ma se ne andò sull'ultima collina;
Orlić, credo, l'ho vista sulle mappe,
un posto ancora infestato di mine;
giunse in cima, ma da lì Sarajevo
ancora si negò, a lui intruso;
un lago di nebbia aveva riempito,
come una lieve vestaglia di cachemire,
l'alcova della Miljacka indolente

dall'aeroporto fino a Stari Grad.
Discese lento, come un palombaro,
superò pozze di fango gelato,
fluttuò nella foschia, entrò nel mare,
le prime case gli vennero incontro
simili a una barriera corallina,
sentì risate di bimbi scomparsi,
martellare di maniscalchi estinti;
discese tra grondaie gocciolanti,
canyon, scarpate e fondali fangosi,
sempre più giù, al fiume mormorante,
oltre le caserme di Marindvor.

Non attese, sapeva dove andare,
come un salmone risalì il suo fiume,
sembrava quasi un reduce dal fronte,
la gente lo guardava e si accorgeva
che il forestiero veniva da un altro
tempo e vedeva un luogo che non c'era
ormai da anni. Passò circospetto
il ponte Latino, salì verso Bistrik,
sfiorò il ristorante col belvedere
che sembrava una barca in mezzo al nulla,
trovò il cimitero e giunse alla cieca,
quasi a tentoni, nella nebbia fitta,
alla tomba con il bianco cilindro
dei musulmani, e lì vide un uomo
che ripuliva, con cura infinita,
il marmo dalle macchie dello smog.
Era l'unico uomo, perché lì intorno
ombre soltanto di donne vedevi
salire a fatica con fiori azzurri
in quella scarpata per l'altro mondo.
"Tu sei Max," disse lui senza esitare
come se sapesse di quel suo arrivo.

Faccia larga aveva e gesti precisi,
un corpo solido, rassicurante,
e occhi umidi da cane pastore;
con un sorriso dolce e un po' sardonico
diede un'occhiata alle scarpe infangate,
al sacco pieno, alla giacca fradicia,
e attese che lo straniero capisse.
"E tu sei Duško," Max indovinò,
"mi sono sempre chiesto come fosse
il tuo viso." Rimasero lì in piedi
sotto l'acqua, a guardarsi negli occhi,
mentre a Bistrik, lì intorno, si svegliavano
gli odori delle zuppe nei camini.
Fu solo allora che si abbracciarono
come si conoscessero da sempre.

Uscirono di lì senza voltarsi
perché nell'Ade non si guarda indietro,
e scesero a piedi verso Baščaršija.
L'austriaco aveva una fame visibile
e fu invitato da Duško, scienziato
che sotto la rudezza dei Balcani
aveva un fiume in piena di passione.
Perché, pensò, puliva quella tomba
se era stato tre volte abbandonato?
Aveva una moglie? Nemmeno questo
ebbe coraggio Max di domandare,
ma prima di entrare in casa di lui,
nel dubbio di creare un imbarazzo
a qualcun altro, fece la domanda
che l'aveva assillato così a lungo:
"Come hai potuto, dimmi, accettare
un patto simile con quella donna?".
"È semplice," rispose, "io l'amavo,
a me bastava la metà di lei...

non ti pare che questo sia abbastanza?
E poi pensaci un po', caro compagno,
quindici anni sicuri non son poco
di questi tempi in cui tutto si guasta."
Fingeva di esser cinico in un modo
così esplicito che l'altro capì
il gioco fine dell'autoironia.
Sorrise ancora Duško con dolcezza:
"L'amore non è eterno, tu lo sai,
ed io ho avuto una donna in garanzia...
Quale contratto più forte del mio?".

Ljudmila in casa cucinava sarme
in un profumo di campagna ucraina;
russa del Černoziom, era la moglie
dello scienziato. Conosciuta a Mosca,
piccola, forte e bruna, era solida
come di Kiev le campane di bronzo
ed amava Duško perdutamente
per la sicurezza che trasmetteva.
Anche la sua era quasi un'epopea:
padre siciliano dagli occhi azzurri,
nascosto da una slava che sarebbe
diventata sua moglie dentro un'izbà
dopo la ritirata degli alpini,
e poi passato all'armata sovietica
non si sa in cambio di quali favori.
Gustarono sarme e vino in letizia,
Max raccontò con prudenza degli ultimi
mesi di Maša, e poi guardando Duško
si chiese come lei avesse fatto
ad andarsene d'un tratto da quell'uomo
così fraterno. Ljudmila suonò
il pianoforte con mani nervose,
fuori pioveva forte, e l'austriaco

vide che quella era una casa strana,
perché la luce arrivava soltanto
dalle vetrate del cortile interno.
C'erano in giro per casa due gatti
di un grigio-nero come Belzebù,
ciccioni, metafisici e implacabili
con qualsiasi cosa osasse muoversi;
andavano sfiorando suppellettili
facendo tintinnare tutto come
il vento gli xilofoni di Bali
nella remota terra d'Indonesia.
Piccole frasi, qua e là, aiutarono
Max a capire la sua stessa storia.
Fu per esempio quando Duško disse:
"Capisci? Lei non poteva smentire
la sua promessa di un eterno amore.
Lo sai che chi è lontano vince sempre,
così Vuk vinse, anche se in realtà
era un bel brigante, un assassino.
Quella che uccise non era una puttana...
Così fu liquidata dai giornali,
ma in realtà, credi a me che so la storia,
era soltanto una che lo amava".
Si scambiarono due o tre sigarette
giù nello studio e allora Max s'accorse
che il perimetro interno della casa
era una sterminata biblioteca:
muri di libri, da Dante fino a Omero,
davvero strani per uno scienziato,
stavan schierati lì come un esercito;
una trincea di carta combustibile
lì costruita come un esorcismo
contro il fuoco dei barbari sul monte.
Fumando beatamente i due convennero
di essere entrambi uomini di numeri,

ma sentimentali, e anche pragmatici;
e così il fisico Duško Todorović
insieme a Max, ingegnere di Vienna,
come rugosi Navajo fumarono
senza fretta il calumet della pace
mentre fuori la neve si annunciava.
In fondo, avevano molto in comune:
erano stati con la stessa donna,
e tutti e due con un contratto a termine
che aveva dato gioia e patimento.

All'Indi Bar si trovò con un pittore
di nome Affan, che già conosceva,
faccia da predatore senza pace,
uno che in guerra aveva fatto tele
impastando di colori le macerie.
Anche le lingue mescolava a caso
per elogiare le genti bastarde
sul muso degli idioti purosangue
che avevano distrutto Sarajevo.
"Die ganze Rat heureusement I have
with una fiasca de rakija passiert"...
Cose simili Affan inventava
quando cantava, per dire nonsensi:
"Per un colpo di fortuna 'sta guerra
con una fiasca di grappa ho passato,"
questo voleva dire il suo delirio
capace di corrodere le pietre.
"Rat," ripeté, con un ghigno sardonico
e il tono di una raffica di mitra;
ma la pace era peggio della guerra,
il bianco e il nero si erano mischiati,
i nemici non erano più i serbi,
era la corruzione più sfacciata,
sdoganata dai furbi col martirio

della sua città, erano moschee
nuovissime pagate dagli emiri,
erano gli arricchiti, in combutta
con i nemici di dieci anni prima.
E poi, sì, c'era un'altra cosa ancora:
quella parola pomposa, "Europa",
l'Occidente, che invece di capire
l'imbroglio nascosto dietro la guerra
a vista d'occhio si balcanizzava.
Ma lì nel bar c'era altro da pensare:
bevvero, ovviamente, della rakija,
cantarono *Zora*, *Kaleš bre Andjo*,
poi litigarono sul vero amore,
perché ciascuno dei due era convinto
di avere avuto il meglio dalla vita.
Ed Affan con insana nostalgia
disse che in tempo di guerra le donne
a Tuzla, Sarajevo o Banja Luka
avevano gli occhi molto più belli,
perché la morte vicina nobilita
e poi rende impagabile la vita.
"Ma tu che cosa credi, buba švaba,
che abbia reso così indimenticabile
la tua passione per Maša Dizdarević?
Cosa credi, ignorante d'un austriaco,
che ti abbia portato via anima e corpo
se non quell'ombra che le stava accanto?
Non è la luce ma il buio insondabile
che rende la tua donna affascinante."
Poi disse ancora, Affan il pittore,
guardandolo con occhi di falchetto:
"Perché capisci, tu sei diventato
senza volerlo già uno di noi...
adesso è troppo tardi per scappare.
Ami la Bosnia perché qui la morte

non si nasconde come una vergogna
ma la si può trovare dappertutto;
e ad essere sincero quella cosa
noi ce l'abbiamo con tale abbondanza
che possiamo" ghignò "anche esportarla
con un marchio d'origine nel mondo".
"Ma dove vanno a finire le storie
che nessuno racconta?" chiese Max,
"non ci credo che le inghiotta l'oblio."
Affan gli rispose: "Non hai scelta,
il buio inghiotte tutto per davvero...
allora racconta, è il solo modo,
e questa qui che tu hai voluto dirmi
è una gran storia che infallibilmente
un giorno leggeremo a Sarajevo".

Ebbe un letto nello studio di Affan
tra spifferi, libri, tele incompiute,
fili elettrici, forbici e pennelli,
e ancora quaderni e legna da fuoco.
Spense la luce, poi tese l'orecchio,
udì i botti, il crepitio dei ceppi,
il tic-tac di una pendola a cucù,
il soffio del camino che tirava,
poi si lasciò catturare dal sonno,
vide in sogno lanterne fiammeggianti,
fuochi azzurrini dentro i cimiteri,
si scosse ma si addormentò di nuovo,
intanto si era risvegliato il vento,
il quale alimentava nuovi sogni.
C'era una coltre di pioggia e più in là
un ponte fatto a pezzi da una piena
che si poteva aggiustare soltanto
indovinando le strofe mancanti
di un'antica canzone che però

nessuno ricordava nei villaggi;
un ponte turco che aveva bisogno
di un poeta e non di un ingegnere
per tornare alla forma originale.
La tramontana scese giù dall'Igman
e diede formidabili spallate
al vecchio finestrone socialista;
la stufa miagolò, quasi gemette,
mentre Max rannicchiato nel piumino
tempestava il suo notes di pensieri
e non sapeva che a un metro da lui
c'era una donna immobile nell'ombra
come una santa icona di Bisanzio.
All'alba la città era tutta bianca,
era la prima neve di novembre,
il nero aveva generato il giallo
e il giallo aveva partorito il bianco.
Tutto indicava un sentiero di luce,
i conti cominciavano a tornare,
di raccontarlo non vedeva l'ora
al vecchio Kern che a Vienna lo aspettava.

10.

Vide nubi pesanti come incudini

L'anno seguente, in Mitteleuropa,
l'autunno fu più giallo del normale.
Il nostro Max fu chiamato a Belgrado
perché il racconto del suo viaggio a piedi,
che era stato tradotto in lingua serba,
aveva sollevato tra gli slavi
un'onda di entusiasmo imprevedibile.
Sopra la città bianca sul Danubio
vide nubi pesanti come incudini
andare dallo Srem fino alla Morava
con una processione senza fine,
in un rintocco immenso di campane,
e Baba Jaga che rimescolava
la nuvolaglia di smog solforoso
sparato dalle industrie socialiste
sui casermoni di periferia;
fiutò come un lupo il tempo trascorso,
e con il cuore in tumulto rivide
la falcata di Maša nelle femmine
che da Terazije allungavano il passo.
Per l'emozione non vide la ressa
dei lettori venuti ad ascoltarlo
in una grande sala a Novi Beograd.
Non c'era, nel libro, alcun accenno
alla storia di Maša, se si esclude

un riferimento al sole dell'alba,
un sole di polvere e carovane
che somigliava a "una gialla cotogna".
Il frutto, si era limitato a scrivere,
"aveva ispirato una commovente
e popolare canzone d'amore";
ma quella citazione, messa lì
quasi con nonchalance, fu abbastanza
perché Maja la brava traduttrice,
spinta da sesto senso femminile,
ricordasse quel punto esattamente,
"che rappresentava," disse al pubblico,
"l'anima invero slava dell'autore".
E lì, con grande stupore di Altenberg,
disse che *Žute dunje* era un motivo
che aveva amato molto pure lei
negli anni maledetti della guerra
e che proprio per questa affinità
aveva scelto di tradurre il libro.

La storia sembrava finita lì,
ma il destino la pensava altrimenti:
la giovane, cogliendo di sorpresa
anche l'autore, prese una chitarra
e poi cantò con voce di velluto
del frutto giallo cresciuto in Turchia.
Cantò, inconsapevole, la donna,
della tempesta che stava creando
mentre il cielo blu inchiostro di novembre
passava come un branco di cavalli
divorandosi i fiumi e la pianura,
e Max capì, travolto dai ricordi,
che non poteva più tirarsi indietro
e così disse al pubblico "restate;
e vi dirò davvero cosa c'è

nella mia vita dietro a questo canto".
Stava avverandosi la profezia
di Affan il pittore: il racconto
era il solo modo di far rivivere
Maša la bella dai femori lunghi,
odalisca e brigante nel contempo.
Era anche il solo modo, Max pensò,
di sgominare la malinconia,
nera saudade venuta da Oriente.

Lui raccontò, e Maja traduceva,
la storia di Maša e dei suoi tre uomini,
e quando arrivò al punto memorabile
del venditore di frutta del bazar
che urlava "Gialle cotogne di Istanbul",
non c'era nessuno che non piangesse
in quella sala vicina al Danubio
tumefatto dalle piogge d'autunno.
Accadeva però una cosa strana:
gli uomini e le donne nella sala
non ascoltavano la traduzione
ma le sue parole, come se il ritmo
fosse più forte del significato;
ma ciò che percepì immediatamente
fu che quella spasmodica attenzione
nutriva il racconto, ed era come
se Max fosse soltanto uno strumento
nelle mani dei serbi stupefatti.
Della sua stessa voce si stupì:
era più rotonda, più persuasiva,
ancora meglio di quando con Heideck,
il luminare di scienze chirurgiche,
aveva raccontato e poi cantato
la commovente canzone d'amore
per indurlo a curare la sua donna.

E quando scoppiò l'applauso finale
apparve chiaro un fatto incontestabile,
di un'evidenza quasi biologica:
aveva da tempo passato i sessanta,
il tempo per avere dei nipoti,
e si ricordò che suo nonno Josef,
l'allevatore dei mille tacchini,
aveva esattamente quell'età
quando gli raccontava nel lettone
la leggenda di Rübezahl, gigante
irritabile e allergico ai bambini.
Sessanta, pensò, ma certo, sessanta:
dunque anche lui poteva essere nonno:
forse per questo il buon Dio gli donava
quell'arte del narrare che incantava
gli adulti come fossero bambini.

Alla fine ci fu una processione
di belgradesi a stringergli la mano,
e Max imbambolato rispondeva
nascondendo la tempesta del cuore
dentro quel fiume in piena di emozione.
Amava quella gente, ma di amore
pieno di rabbia; si chiese perché
quell'onda di passione non aveva
impedito la guerra maledetta.
Ah, come avrebbe voluto imprecare,
dire a quella gente: falsi, ipocriti,
perché piangete adesso per la Bosnia?
Dovevate, mio Dio, pensarci prima
che Sarajevo fosse massacrata
per un diktat venuto da Belgrado!
Perché frignate adesso, coccodrilli?
Poi capì che anche i serbi erano vittime
dello stesso destino maledetto

che aveva fatto a pezzi Sarajevo.
Così disse a se stesso: i poveracci
forse cercavano un'assoluzione...
Allora ebbe gran voglia di piangere
senza ritegno, in mezzo alla gente,
per la sorte infelice di quei luoghi.
Malvolentieri i serbi se ne andarono
e quando la sala rimase vuota
Maja gli disse che c'era una donna
giovane, ferma, accanto alla porta,
che chiaramente lo stava aspettando.
Max alzò gli occhi e restò fulminato
da un viso forte, di Persia montana;
lei si avvicinò con passo leggero
e gli disse: "Sono Amra, la figlia
che tu non hai ancora conosciuto".
Lui la guardò, e si sentì morire
tanto era simile a chi conosceva:
stessi zigomi, stesse sopracciglia
distanti dalla radice del naso,
stessa cautela nel muover le mani.
Andarono a cena presso Radio Beograd
in un ristorante di nome Bosna,
partirono decisi con la vodka
e misero entrambi le carte in tavola.
"Avrei mille motivi per odiare
mia madre," disse Amra, "e non riesco.
Era donna dolcissima, lo sai,
ma di se stessa non ha mai detto niente,
non diceva mai nulla del suo cuore,
era blindata come una fortezza.
Ora con te posso capire, Max."
E mentre l'acqua picchiettava i vetri
della locanda, Altenberg svelò
tutta la sua ammirazione per Duško,

il padre della donna a lui di fronte,
l'uomo che aveva sofferto tre volte
l'esilio dalla donna del suo cuore:
all'uscita di Vuk dalla prigione,
alla morte incredibile di lui
e alla fuga di Maša verso Vienna.
Parlarono a lungo, fino a notte fonda,
dovette mandarli via il cameriere;
confabulando per strade deserte
scesero piano verso il Brankov most
segnato da una storia di suicidi.
Li fermò una pattuglia per controlli,
si dissero addio, infinitamente,
poi venne la neve e spense i rumori
turbinando nel cielo senza stelle.

Dopo quell'esperienza belgradese,
Max fu preso da febbre narrativa
che aprì le cateratte al suo segreto.
Persino a un moribondo raccontò
la storia del frutto giallo d'Istanbul;
quello diceva: "Ancora, ancora",
a occhi chiusi, stringendogli la mano,
e Max non smise, continuò il racconto
a voce bassa, finché il marinaio
trovò il posto adatto per salpare
verso l'isola cercata da sempre.
Seminava, con un bel gesto largo;
dissetava, nutriva col racconto
con un altruismo solo apparente
perché sapeva in fondo che era lui,
lui che si dissetava a piene mani,
lui che traeva dagli ascoltatori
la forza per nutrire la sua storia.
E intanto attorno a Max si radunavano

convivi e conventicole di amici
i quali a loro volta diffondevano
l'epopea della cotogna gialla
dalla Baviera fino all'Ungheria.
"È una ballata, è una ballata questa!"
esultò Richard Stummer, un notissimo
direttore d'orchestra, a sentire
la musicalità del suo racconto,
e con l'incondizionato appoggio
della moglie, la biondissima Kristine,
spedì a Max un gran cesto di cotogne,
con un biglietto di sentite grazie,
dai suoi possedimenti in Oberösterreich.
Al suo primo incontro con lui, Hans Jörg,
cantante guarda caso di ballate,
rimase muto ad ascoltare e poi
si tolse il nero cappello di scena,
un bel borsalino adatto ai rabbini
in pelle pettinata di coniglio,
e glielo mise in testa per regalo,
scoprendo che a pennello gli calzava.
Franco, un vecchio regista di Trieste,
un giorno gli arrivò con un copione
e gli disse: "La tua storia è perfetta
per fare un film, è una trama che piace,
abbi fede, ho un fiuto che non sbaglia".
Virgil, l'amico di montagne e di canzoni,
rilesse tutto in stile gregoriano
e quando volle cantargliene un pezzo,
lui con la barba e la faccia da icona,
parve Kyril, il grande patriarca
della chiesa ortodossa di Moscovia.
E Anton, che era un tipo originale,
libraio contadino e musicista,
in una lettera battuta a macchina

su dei fogli di gialla pergamena
tutti pieni di correzioni a mano,
così gli scrisse quando udì la storia:
"Mio caro Max, molti anni fa in Italia
ho sentito suonare un violoncello
che sprigionava dei bassi di tenebra;
non era fatto, dissero, di abete,
ma, stranamente, di legno di pero.
Ebbene, quella pianta, devo dirtelo,
è stretta parente della cotogna,
e della cotogna, quand'è selvatica,
diventa il migliore dei portainnesti.
Per non dire che se il cotogno muore
dalle radici nasce spesso un pero
che darà frutti dello stesso giallo,
un vero inno alla resurrezione...
Per questo ascoltami: quello strumento
quasi introvabile sarebbe il giusto
accompagnamento per la tua storia,
sempre se un giorno vorrai raccontarla".
E Paul, quando seppe d'esser grave
e forse di avere i giorni contati,
pure lui partì a piedi per la Bosnia
alla ricerca del frutto salvifico:
rischiò di brutto, ma tornò guarito
e a malincuore i medici lo ammisero,
senza capire nulla del miracolo.
E poi, dimenticavo, ci fu Bogdan,
allenatore di pallacanestro,
montenegrino dalle sette vite
innamorato pazzo della Bosnia,
che, sentito il racconto, una notte
con Max, in una taverna di serbi
dell'ultima periferia viennese,
vuotò la sua anima delle cose

più intime, mandando giù rakija
con lacrime, canzoni e sigarette.
Ma il più pazzo fu Peter, un libraio
specialista dell'arte calligrafica
con senso sopraffino dell'estetica,
che gli recapitò per gratitudine
un plico con 35 varianti,
esemplarmente rilegate in carta
ben ruvida, color giallo cotogna,
di una scrittura d'arcano alfabeto
sinistrorso, un po' simile all'arabo,
sul tema del bel frutto stambuliota.
Io non so cosa avrei fatto per Max,
ma da quando seppi del frutto giallo,
covai la muta determinazione
di metter giù la storia per iscritto,
quella che ora vi scorre davanti.
Quando lo ringraziai del suo racconto,
ricordo bene, rispose così:
"Che povero mondo è questo che ha perso
il gusto delle storie da ascoltare".
Ma l'incredibile accadde con Fabius,
un fisarmonicista in Kärntnerstrasse.
Una moneta Max gli diede e disse
di imparare quella nuova canzone;
lui la imparò e subito la gente
venne a buttare altre monetine,
così tante che gli altri musicisti
di strada, gialli di rabbia e d'invidia,
copiarono il motivo, che sbancò,
fu gettonato come nessun altro
e invase Vienna intera con il dramma
di Fatma bella e la cotogna gialla.

Ma erano le donne soprattutto,
ah, le donne dall'animo sensibile,

che amavano la storia, raccontata
con uno spirito, esse dicevano,
vicinissimo al cuore femminile.
È cosa certa: gli uomini sentono
con il tatto ed anche con l'odore;
le donne invece amano il racconto,
si incantano col suono della voce.
Con tono caldo e gusto delle pause
Max raccontava, e loro ascoltavano
con occhioni imploranti da cerbiatta;
ma lui, natürlich, non se ne accorgeva,
non captava i "segnali trasversali",
perché un amore solo aveva in mente.
Sobbalzò per esempio quando Nadia,
la bella banconiera del negozio
di Lebensmittel poco sotto casa,
al rosso del grembiule d'ordinanza
di sorpresa un mattino volle aggiungere
sulle labbra un rossetto color fragola
che mai aveva messo in vita sua,
per dolce ricompensa al narratore.
La Bertha, che era attrice d'avanguardia,
si era da parte sua commossa al punto
che nel suo primo viaggio a Sarajevo
con un mazzo di rose gialle corse
alla tomba di Maša musulmana,
e lì nel temporale non distinse
le gocce della pioggia dalle lacrime.
E Ljlijana, croata di Slavonia,
insegnante di lingua nei licei,
non ebbe esitazioni e volle fargli
un vassoio intero di Princez krafne
debordanti di crema chantilly.
Georgia, regina di vigne in Wachau,

gli allestì un letto nella fattoria
e disse: "Lupo, per una tua storia,
ti do questa mia casa quando vuoi".
Chi si sciolse del tutto fu Lucia,
proprietaria di una piccola locanda:
singhiozzò così tanto che le lacrime
le scesero dal collo fino al seno
rotondo come coppe di champagne
e inzupparono il piccolo pendaglio
messo lì in mezzo a guardia degli intrusi.
Mira, serba del settimo Bezirk,
non mise tempo in mezzo e lo baciò
con rapinosa determinazione
dicendogli "sei dolce come miele"
davanti ai suoi compatrioti al bar.
Un giorno che scoprì di essere l'unico
ospite di una solitaria Bauernhof,
la padrona alla fine del racconto,
standogli forse un po' troppo vicino,
lo portò fuori a vedere le stelle,
il prato scricchiolava nella brina,
indicò sussurrando Betelgeuze,
Sirio, Bellatrix e l'Alfa Centauri,
sfolgoranti nel cielo di novembre,
poi sospirò e gli disse che esistevano
delle stelle che in cielo non si vedono,
schwarze Sterne, stelle nere che brillano
solo in bilico tra il giorno e la notte,
e Maša era di certo una di quelle.
Di cotogne, infine, la Thérèse,
cinquantenne di nascita magiara,
volle fare una grande marmellata
che stese su un letto di pastafrolla
con voluttà e pianto disperato
per un suo uomo perduto in gioventù.

Ma non per compiacenza raccontava
Max, all'oscuro di questi segnali:
lui narrava la sua storia soltanto
per cercare con l'Ombra un armistizio,
e dare un po' di pace al suo dolore,
ma vide che il gioco non gli riusciva
perché quel suo racconto germinava,
diventava più ricco di dettagli,
e così fatalmente la ferita
invece di guarire si riapriva.
Ma il peggio, disse, era che coloro
che avevano ascoltato, ripetevano
ad altri, e costoro ad altri ancora
la storia di Maša e della cotogna,
e la ruota non si fermava più.

Ricevette persino cartoline
dalla Terrasanta, con allusioni
al pomo giallo della salvazione;
anche gli scrissero dall'Appennino
con belle foto del frutto fatidico
colte in alcuni giardini nascosti
della Penisola; da un partigiano
ebbe, per posta, una confezione
dell'erba guaritrice degli Aiduchi
che Maša la bella amava raccogliere,
e un rabbino gli scrisse che lei,
col suo vestito nero vedovile,
era il prototipo dell'Yiddish Mame.
Poi accadde che un giorno lo chiamarono
dalla Bosnia, era Affan il pittore:
aveva trovato la tomba di lei
coperta di rose gialle e limoni,
e c'erano pure delle cotogne,
un vero diluvio di fiori e frutti

sempre nuovi, che qualcuno, venuto
da chissadove, forse uno straniero,
portava come offerta sulla lapide.
Poi ci si accorse che non era stata
una persona, ma una processione
di forestieri, tutti all'insaputa
uno dell'altro, che come obbedendo
a un ordine arcano andavano lì
e chiedevano del campo di Bistrik
dove una donna di nome Dizdarević
defunta a Vienna un undici novembre,
era stata sepolta con un frutto
giallo in mano. Venivano dai posti
più diversi: Francia, Slovenia, Svizzera,
Austria e Italia. Anche dalla Croazia
venivano, e dalla Serbia, scrisse
la stampa locale, incuriosita
da quella morbosa mitologia.
Perché proprio di mito si trattava:
sulla storia non c'era nessun libro,
tutti si riferivano a una cosa
che avevano sentito raccontare
da qualcun altro, spesso assai lontano.
In quel momento Altenberg capì,
era successo quello che temeva,
era nata una strana confraternita,
la Compagnia della Gialla Cotogna,
che parlava di Maša a destra e a manca
e andava in giro come i trovatori
a parlare di quell'amor cortese
divampato nel cuore dei Balcani.
Un giorno Max mi disse scuro in volto:
"Non avevo che questo nella mente,
recitare la mia consolazione,
ma adesso sono un'anima perduta,

questa mia storia non finisce mai...
ormai segue una strada indipendente.
Dopo averla narrata così tanto
mi sta tornando indietro trasformata,
così succede quello che tu vedi:
la pena è diventata un'ossessione".

Fu allora, tutte le date coincidono,
che Altenberg si risolse di andare
da un rabbino suggerito dal vecchio
Peter Kern, e gli chiese: "Mordechai,
com'è che questa storia si moltiplica?
Come rompo la mia maledizione?".
Il vecchio Rosenholz non era un tipo
qualunque, aveva tendenze mistiche
e all'indietro faceva capriole
come gli Hassidim dell'altro secolo,
performance che gli aveva procurato
un certo mal di schiena ricorrente.
Era rabbino, ma anticonformista:
riceveva anche cristiani e senza dio,
per ascoltare accendeva la pipa,
chiudeva gli occhi e lasciava parlare
cullandosi con una sedia a dondolo.
Ascoltò anche i dolori di Max,
rimase in silenzio per un po',
infine rispose: "Tanto hai viaggiato,
in tutti i continenti; ma ora è giunto
il tempo del tuo viaggio più importante,"
poi gli ordinò con voce da baritono:
"Quello che adesso tu farai sarà
il viaggio dentro il ventre di una donna".
Max rimase muto, non capì
cosa significasse quella storia,
e chiese, vagamente innervosito:

"Lei è un rabbino, non una sibilla,
sia più esplicito con un ignorante
che non capisce niente della cabala".
L'uomo tirò due volte con la pipa
per godersi l'attesa del cliente;
"Presto non sarai fertile," rispose;
"come Abramo, è tempo che tu lasci
l'ultimo seme sulla madre terra."
"Sì, ma come?" chiese, "dove e perché?"
La risposta fu ancora più enigmatica:
"Non scervellarti inutilmente, Altenberg,
il tuo luogo non ha importanza alcuna;
Jahvè, come tu sai, è dappertutto...
Vai sul Bosforo, se proprio ci tieni,
al capolinea di questa tua storia...
te lo dice, vedi, anche il Danubio
che prende la sua strada del Mar Nero.
Di Istanbul una donna troverai,
quella sarà il tuo ultimo traghetto,
abbi fiducia, vedrai, sarà quella
la tua risposta a tutte le domande".

11.

Fu a mezzogiorno che la cameriera

L'ultimo a vederlo a Vienna fu Hermann,
secondo violino della Staatsoper,
il quale disse di averlo notato
parlottare con un uomo alto e magro
forse era Virgil, compagno di canti,
in un angolo del Caffè Central
a poca distanza dal manichino
dello scrittore col suo stesso nome.
Siamo più o meno al 15 dicembre,
anno sesto del secolo ventuno:
da quel momento il Nostro fa sparire
le sue tracce, e ricompare a Istanbul
più o meno due settimane più tardi,
senza nemmeno salutare i figli.
Un po' d'attenzione qui è necessaria,
perché naturalmente questa è l'unica
parte di storia che non ho potuto
ascoltare da Max direttamente,
e tutto ho dovuto un po' desumere
da testimoni, talvolta indiretti,
di cui ho preso i nomi uno per uno.
In particolare: Nil Kecelioğlu,
la cameriera dell'Hotel de Londres
che lo trovò rannicchiato nel letto
con sul lenzuolo capelli di donna;

il commissariato di polizia
di Pera, nella persona di Mehmet
Özdogan, sottotenente, che ha scritto
la relazione dettagliatissima
sul rinvenimento e sull'autopsia;
poi c'è quanto mi ha detto il figlio Rafael
che ha organizzato il trasporto del corpo
dalla morgue di Pera fino a Vienna.
Ma decisiva è la testimonianza
di un certo Muradif Hasanefendić,
un tipo nato in Bosnia, da cui Max
cenò poche ore prima di morire
e dove incontrò una turca niente male
che "rimase folgorata da lui",
almeno a quanto dicono i presenti;
un personaggio-chiave nella storia,
che stranamente nessuno ha potuto
trovare e di cui nessuno ha saputo
risalire alle generalità.
Per una ricostruzione dei fatti
tutto questo sarebbe insufficiente
senza un minimo di immaginazione:
mi sarebbe stato insomma impossibile
capire la sequenza degli eventi
se non avessi imparato nel frattempo
a entrare dentro questo personaggio
al punto da poter immaginare
persino i suoi sogni; oserei dire
persino al punto di credermi lui,
e di essere certo fino alla morte
che non poteva esistere altro epilogo
per questa nostra storia fuori schema.

Sui primi giorni di questo finale
a sorpresa, di tracce ce ne sono

a sufficienza: a metà novembre
lasciò la casa di Maša sul Kahlenberg,
si liberò di tutti i suoi feticci
(tenne di lei soltanto le babbucce
in lana grezza fatte a Sarajevo
e l'anello con smeraldo che aveva
comprato per lei nel viaggio ad Atene),
tutto il bagaglio ridusse ad un rucksack,
e fece del resto un gran falò,
dopo aver chiesto il permesso ai vicini
che lo presero di nuovo per matto.
Ma anche nel suo appartamento in città
fu colto dal bisogno irresistibile
di liberarsi di tutto il superfluo:
passò ai figli gran parte dei vestiti,
diede via libri e mobili finché
rimasero in casa soltanto il letto,
il cucinino con quattro pignatte
e una montagna di carte geografiche,
che erano diventate ormai la sola
cosa capace di farlo volare
lontano dalle miserie del mondo.
A un certo punto ebbe la certezza
che l'ultima cosa a essergli rimasta
fosse soltanto il corpo e che la morte
non fosse altro che l'atto di deporlo,
come la borsa di un bambino a scuola.
Partì in treno, di questo sono certo
(alla stazione risulta l'acquisto
del biglietto), alle 5.31
del 28 dicembre. Nella notte
tra il 29 e il 30, nevicava,
mostrò il passaporto alla polizia
turca, alla stazione di Adrianopoli.
Giunse a Bisanzio verso mezzogiorno

con un forte ritardo sul previsto,
mentre si scatenava una tempesta
di neve, col Bosforo che pareva
una specie di fiordo norvegese
percorso dalle grida dei muezzin
e dal lugubre ululato del vento.
Pattinando nel gelo, superò
il perimetro delle antiche mura,
passò le porte sprangate del suk
dove aveva comprato le cotogne,
lottò col vento sul ponte di Galata,
bevve un tè color dell'ambra, fumante,
nell'unico chiosco aperto lì intorno,
a causa del ghiaccio sopra il selciato
scivolò più volte sotto la torre
genovese e la grande sinagoga,
poi prese una stanza all'Hotel de Londres,
che allora non era ancora di moda.
Prese un rakì al bar del pianoterra
decorato di velluti un po' lisi
e pieno di usignoli che fischiavano
dentro le gabbie, fin su sulle scale;
depose il bagaglio, e poi uscì,
disse il portiere, in mezzo alla neve,
tra le macchine messe di traverso
sulle stradine in salita di Pera.

Per Capodanno cessò la tormenta,
venne dalla Crimea la tramontana,
poi un falcetto di Luna crescente
calò dietro le mura bizantine
e fu tutta vetro l'aria di Istanbul.
Lui se ne andava sul bianco sentiero
tra i pescatori del ponte di Galata
o sull'imbarcadero dei traghetti;

partiva all'alba, tornava al tramonto
per annusare l'odore di acciughe,
di cuoio, pesce spada affumicato
ed ascoltare la ressa sui moli,
il cigolio dei pontoni e le urla
dei gabbiani reali sul bazar.
Sono stato in quel luogo e di Bisanzio
so questo: non puoi capire la Bosnia,
il suo destino, la sua soggezione
a un potere lontano e imperscrutabile,
l'occhio caucasico delle sue donne,
la sua vitalità e la sua tristezza,
non puoi capire assolutamente
la pazienza infinita dei suoi vecchi
e il rito misterioso del caffè
che va centellinato sul divano,
se non vieni sul Bosforo e non guardi
dai moli di Beyoğlu e Karaköy
il fiume umano che arriva dall'Asia
e nella notte non vedi il pulsare
intermittente del piccolo faro
di Kandilli Feneri, un po' oltre
le vetrate illuminate e il giardino
del palazzo reale di Çiragan;
non puoi capire nulla dei Balcani
se non vedi quel lume che ti chiama,
ultima luce dell'altro mondo,
unica cosa immobile in un traffico
infinito di navi, pesci e uomini.
Camminò senza pace per dei giorni
cercando la femmina che il rabbino
aveva previsto nel suo futuro;
dal faro di Anadolu si affacciò
nel vento gelido verso l'immane,
sconfinato silenzio del Mar Nero;

oltre Balat, svuotata dagli ebrei,
udì il tuono dei grandi minareti
annichilire la chiesa dei greci,
cui è proibito suonare le campane,
e nel Corno d'Oro si arrampicò
sui pezzi del vecchio ponte di Galata,
monumento di ruggine gloriosa
parcheggiato lontano nella bruma.
Poi a Fatih, quartiere degli ultras
del nuovo islamismo rampante, vide
stanchissime puttane slave battere
a due passi da nobili moschee,
seminude in corpetti colorati
e insultate dalle donne anatoliche
sigillate in cappotti grigio topo.
I ricordi gli tagliavano la strada:
scoprì un luogo di nome Yeni Bosna,
quartiere di turchi sarajevesi
fuggiti prima della Grande guerra;
sulla strada verso Gebze trovò
una cittadina chiamata Tuzla,
lo stesso nome di quella bosniaca,
e una sera grigia fece amicizia,
su un traghetto in partenza da Eminenü,
con un bancario dell'ex Jugoslavia,
Muradif, stambuliota d'adozione,
che a cena lo invitò il giorno seguente
in un appartamento di Beyoğlu,
dal quale vide le costellazioni
pellegrinare lente sopra il Bosforo
e dove incontrò una turca un po' strana
dai grandi occhi neri e il seno rotondo.
"Quanti anni hai?" le chiese. "Trentanove,"
rispose quella reggendo allo sguardo,
e alla domanda indiscreta di Max.

Ebbero sarme, bevvero rakì,
evocarono i vivi e i morti, poi
lei cantò una canzone e Max scoprì
che il turco, questa lingua militare,
fatta per i cavalli della steppa
e per i lunghi inverni d'altopiano,
questa lingua, se in bocca a una donna,
poteva esser dolce e insieme amara;
sembrava che quel canto risuonasse
al tramonto in un'oasi nel deserto.
Fu allora che l'austriaco intenerito
si accorse di una tenera violenza,
che gli apriva ad una ad una le ferite.
Così cantò la giovane dagli occhi
un po' interrogativi da bambina,
stupefatta della sua stessa voce:
"Mi tiene sveglia il pensiero di te,
non ci riesco a farlo stare zitto.
Ascolta, con te non posso arrabbiarmi
nonostante questa separazione.
Ma tu ridammi almeno i miei capelli
che un giorno ti ho infilato nella tasca".
La traduzione, lo so, non è buona;
è impossibile tradurre un lamento,
così non potrete avere un'idea
di quello che Max provò quella sera
di fronte a quella voce d'aldilà
che lo portava dritto alla cotogna
cantata da Maša dieci anni prima.
Ma dimmi, chiese lui col cuore a mille,
come si chiamano nella tua lingua
queste canzoni? "Ayrilik," lei disse,
"che vuol dire 'dolcissima mancanza'."
"Già, ma a che serve la malinconia,"
obiettò lui provocatoriamente,

conoscendo a memoria la risposta.
"A far venire voglia," disse lei.
"Di cosa?" chiese lui con insistenza.
"Di Sevdah," fu la risposta, "che in turco
vuol dire molto banalmente 'amore',"
e aggiunse ciò che Max sapeva già:
quel sentimento non stava nel petto
ma nel fegato, che è una cosa oscura
come la bile che vi bolle dentro.

"Non è il cuore che conta nel mio mondo,
ma quella cosa che esplode più in basso,"
disse ancora la turca sorridendo,
e Altenberg si arrese come un treno
davanti al segno verde o la paletta
del capostazione. Ora era chiaro,
tutto quadrava ormai nella sua vita,
il nero il giallo la neve d'Istanbul,
e questa donna che lo traghettava
verso una sponda che non conosceva.
Così l'austriaco narrò senza remore,
come risposta a quel canto sublime,
la storia della cotogna di Istanbul,
più lenta, dolce e rotonda di sempre
ed evocò la regina di Bistrik
facendo ammutolire i commensali.
"Hai la lingua di miele," disse lei
a conclusione del lungo racconto,
sazia di aver bevuto a quella fonte.
Lo chiamò "Hocam", che vuol dir maestro,
una parola piena di rispetto
che metteva distanza tra di loro,
ma intanto mosse i piedi con sapienza
sotto il tavolo pieno di vivande
per levargli una scarpa, e poi l'altra,

166

senza che nulla apparisse all'esterno.
Infine gli disse: "Quanto alla mela,
forse non sai, straniero, che il cotogno
non vive a lungo. I nostri contadini
dicono: oggi lo pianti e domani
del suo legno puoi fare un bel falò.
Quasi opposto è il destino del suo frutto:
è ruvido e peloso fino a quando
è giovane, invece poi da vecchio
esplode di bellezza sfolgorante.
Tu prendine uno in mano e capirai:
la sua pelle risplende tutta d'oro,
lucida come se ringiovanisse.
Un campo di cotogne ben mature
nell'aria fresca del mattino, credimi,
è simbolo perfetto di abbondanza,
e al tramonto quell'oro, tra le foglie
di un verde intenso, assume un colore
così struggente che direi saudade".

La stanza si riempì di endecasillabi,
i commensali di questo si accorsero;
metafore volavano impazzite
con grumi di parole che volevano
esser musica, disperatamente.
Verso mezzanotte, disse Muradif,
la turca chiese a Max di accompagnarla,
ma senza dirgli in quale direzione.
Uscirono muti e determinati,
c'erano lampi gialli verso Marmara,
attraversarono il colle di Pera,
nel vestibolo dell'Hotel de Londres
gli uccellini nelle gabbie tacevano
stranamente, i vecchi tappeti avevano
riacquistato come per incantesimo

l'odore delle yurte centro-asiatiche
dov'erano nati mille anni prima.
La spogliò con lentezza e precisione,
un po' alla volta e senza fretta alcuna,
attento alle corde dello strumento
che in quell'attimo aveva tra le mani,
poi con calma scavò dentro di lei
e come un falegname con la pialla
con grande forza e leggerezza assieme
fece volare i trucioli di legno
da una parte e dall'altra della stanza
finché l'opera sua non fu compiuta.
Se li avesse spiati quella notte,
la sua amica dell'anima Charlotte,
cinica di buonsenso straordinario,
avrebbe detto che quella era davvero
"una vittoria della competenza
sull'ansia moderna da prestazione".
C'era qualcuno, sì, che lo guidava:
lui non era più Max, era già Abramo,
e quella donna era soltanto un tramite,
per questo con in più tutti quegli anni
passò sulla battigia come un'onda,
meravigliato dalla propria forza,
spingendo la lentezza a un tale limite
che la turca annegò senza parole.
"Che stai cercando tu dentro di me,
tu che sei più vecchio di mio padre?"
domandavano gli occhi della bella
ch'era ancora affamata di racconto.
E intanto lui scese al fondo più oscuro
e più triste della felicità,
da cui riemerse tenendo tra i denti,
ansimando, il frutto dell'assenza:
esattamente quello che cercava.

Sognò un lungo corteo di trapassati
che uscivano da una porta segreta
di un cortile, per rientrare da un'altra;
per ultima vide una vecchia nobile,
dal collo pallidissimo di cigno,
con una veste e un fazzoletto nero:
era Ljuba, uccisa dai fascisti
e poi buttata nella verde Sava.
La vecchia mosse meccanicamente
le labbra e disse: "Tu le puoi parlare,
le puoi parlare, Max, le puoi parlare...".
"Sì, ma come?" urlò lui quasi afono,
senza nemmeno articolare sillabe,
"sono anni che la cerco, non illudermi."
La donna in nero allora alzò il suo braccio
fino all'altezza del viso di Max
fece vedere il tatuaggio sul polso,
col numero del lager di Jasenovac,
uno otto quattro cinque zero nove.
Era quella la chiave per trovarla,
"come fai a non capire, straniero?"
gli sorrise la vecchia erzegovese,
e lui di nuovo gridò disperato:
"Nonna, che dici, tu non la conosci,
ti hanno ammazzato prima che nascesse!".
La vecchia sorrise e ancora mostrò
il polso col tatuaggio color blu
jedan osam četri pet nula devet,
e disse: "Quello tu dovrai comporre,"
poi si girò e risalì sul pianerottolo,
salutò allegramente e si dissolse.
Il cielo si riempì di un gran silenzio;
Max prese il suo telefono portatile
e lentamente compose quel numero,

attese a lungo, qualcuno staccò
dall'altra parte, ma senza rispondere,
poi dal silenzio venne una figura,
come un groppo di vento nel deserto,
e per la prima volta dopo anni
Maša gli venne incontro col sorriso,
gli aveva perdonato la sua fuga
verso Istanbul nel giorno della morte;
camminò scalza sulle foglie secche
e sorridendo gli porse una cosa
giallo oro, rotonda, inebriante
e coperta di una peluria strana,
quasi fosse la testa di un neonato.
Un buon odore sentì di bucato
e la voce di lei che gli diceva:
"Dai, balliamo di nuovo nella neve".
Non esitò, la prese tra le braccia,
e danzò con lei in una piazza piena
di povera gente, in un suburbio
miserabile eppure sfolgorante
come le vecchie case coloniali
dell'Avana, finché lei disse "stupido,
lo vedi bene come è stato facile",
e intanto quel paesaggio tropicale
si era tutto coperto di farina
come d'inverno piazza Santo Stefano
quando diventa candida meringa.
Allora lui sentì dentro la pancia
una fiammata, quasi un'esplosione,
che in vita non aveva mai sentito.

Fu a mezzogiorno che la cameriera
lo trovò morto e avvertì la reception;
lui era rannicchiato come un feto,
mancava solo si succhiasse il dito,

aveva il viso disteso e felice.
Nessuna traccia invece dell'arcana
donna dei chiavistelli, che gli aveva
forzato la serratura dell'anima;
non c'era più la turca della notte,
se n'era andata senza nulla prendere,
lasciando anzi capelli sul cuscino.
Fu mandato un medico, che poté
soltanto certificare il decesso
per collasso cardiocircolatorio.
Anche la polizia non capì nulla;
"L'avrà sfiancato una puttana slava,"
ghignò il capitano, ma i soldi c'erano
tutti nella tasca del suo cappotto,
dunque l'ipotesi era senza senso.
Quella mattina a Vienna un taverniere
vide le ombre di un uomo e una donna
camminare tenendosi per mano
sul lungofiume presso Klosterneuburg,
lei era scalza, e lui con un basco
che a un tratto fu buttato nel Danubio.
Si narra che più a valle i battellieri
trovarono sul fiume mulinelli
e gorghi spaventosi che scassarono
le chiatte tra Belgrado e Novi Sad
provocando persino collisioni.
A Bristol, Inghilterra, quel mattino
un parente di Jacqueline du Pré
comprò per un migliaio di sterline
da un rigattiere un vecchio violoncello
che poi scoprì avere quattro secoli;
un nobile strumento costruito
in legno di pero, che, come noto,
è uno stretto parente del cotogno
e in certi momenti sa sprigionare

profondissime note di saudade.
In quelle stesse ore il vecchio Kern
i suoi 95 anni festeggiò
con un mezzo bicchiere di Jack Daniel's
sorseggiato in un pranzo solitario;
e intanto, dalle parti di Bamberga,
la sorella più giovane di Maša,
Azra, in Germania esule di guerra,
si sposò a cinquant'anni, quasi incredula,
con un bel tedesco pazzo di lei.
Ma quel mattino accadde un'altra cosa:
il secondo figlio di Max, leggendo
un vecchio libro datogli dal padre
con la dedica *Al mio brigante Rafael*,
trovò, bene infilata tra due pagine,
una foto di Altenberg felice
con la donna misteriosa del Kahlenberg,
capelli corti e un forte viso egizio,
in cima a un molo, forse di Trieste.
Ed a Vrata sui monti d'Erzegovina
una cagnolina di nome Maša
sfuggì allo sterminio dei randagi
deciso dal consiglio comunale
e partorì otto cuccioli in cantina.

Quella sera Meyzi Ugur, bigliettaia
su uno dei ferry in servizio sul Bosforo,
vide a Üsküdar folle enormi imbarcarsi,
quasi sospinte da un'onda di panico,
come se l'Asia tutta fosse in fiamme.
Cantarono i muezzin, urlò un traghetto,
la notte galoppò dall'Asia e poi
calva dal Bosforo sorse la Luna,
e grande quasi il doppio del normale.

Alcuni giorni dopo un pescatore,
navigando davanti al vecchio faro
denominato Rumeli Feneri,
là dove navi, uomini e delfini
doppiano l'ultimo scoglio del Bosforo
in direzione nord verso il Mar Nero,
tirò su con la rete assieme ai pesci
un cartoncino con dattiloscritti
dei versi in una lingua incomprensibile
che riproduco in calce nei dettagli;
senza capire a lungo li rilesse
e poi, pur osservando attentamente
le correnti, non seppe indovinare
se quel relitto effimero sull'acqua
venisse da Bisanzio o dal Danubio.

Žute dunje

Voljelo se dvoje mladih,
šest mjeseci, godinu.
Kad su htjeli da se uzmu,
da se uzmu, aman, aman
dušmani im ne dadoše.

Razbolje se lijepa Fatma,
 jedinica u majke
poželjela žute dunje,
žute dunje aman, aman
žute dunje iz Stambola.

Ode dragi da donese,
žute dunje carigradske
al ga nema tri godine,
tri godine aman, aman
nit' se javlja niti dolazi.

Dodje dragi sa dunjama,
nadje Fatmu na nosilima
dvjesto dajem, spustite je,
tristo dajem otkrijte je
da još jednom Fatmu ljubim ja.

Ancora un'avvertenza dell'autore

Nel mio racconto di parole turche
e slave ce ne son talmente tante
che dare ad esse una grafia diversa
non aveva nemmeno un po' di senso.
Ma poi c'è anche il tedesco e l'ungherese
a far di questo un lungo viaggio in bilico
tra le lingue straniere e le nazioni,
così alla fine mi è sembrato meglio
evitare dei salti fastidiosi
e non cambiare mai calligrafia
lavorando col tondo dall'inizio
in un bel Simoncini Garamond.
Delle avvertenze poi son necessarie
(lo dice un triestino plurilingue)
per leggere le righe ad alta voce.
Non voglio esser pedante, ma gli accenti
e la pronuncia dei nomi stranieri,
in questa storia son fondamentali.
Per cominciare, la parola "Istanbul"
sulla *a* deve battere, e Maša,
a causa della "pipa" sulla *esse*,
va pronunciata "Masha". Ma tenete
anche presente che i cognomi in *-ić*
e tutti i sostantivi di quei luoghi
di mezzo fra Adriatico e Danubio,

risultano infallibilmente sdruccioli
(l'accento quindi andrà sulla terzultima).
La *erre* poi, nella lingua di Bosnia
è una vocale e fa passare il fiato,
così che krčma (che vuol dir "taverna"
e sarebbe altrimenti irripetibile)
si dice "kerc'ma" e suona in due sillabe.
Peraltro, se si toccano parole
che in vocale finiscono e cominciano,
senza paura fatene una sola
salvo, s'intende, casi eccezionali.
E poiché un po' di buonsenso non guasta,
voi lascerete alla fine che sia
il suono della voce a governare,
come nel canto, il gioco di accenti
di questa storia lunga in corta riga.

E *dunque è tempo che senza zavorre*

Adesso che ho concluso questa storia prigioniera di sillabe contate, mi son pentito già di averlo fatto perché nient'altro voi potrete aggiungere a questa cosa destinata a crescere come il Danubio che scende al Mar Nero gonfiato dal Tibisco, dalla Morava e dai fiumi gemelli di Slavonia.

Non da me – lo sapete – è stata scritta, ma da coloro che l'hanno ascoltata: e il solo modo perché non si fermi questa corrente che si è messa in moto è che voi nascondiate il manoscritto in uno sgabuzzino o una cantina per recitarlo poi ad alta voce a quelli che ascoltare vi vorranno; soltanto così, vi prego di credermi, voi lo ripescherete dal ricordo proprio com'era, libero e leggero.

Nove mesi ci ho messo a costruirlo, il tempo necessario a una creatura, e dunque è tempo che senza zavorre con le sue gambe anche lui se ne vada, questo racconto nato dal cammino, dal battito del cuore e dal respiro.

CRONOLOGIA

1916, 2 febbraio Nasce a Vrata, Erzegovina, Muhamed Dizdarević, figlio di Zlatko e Jasmina, e futuro padre di Maša.

1918, ottobre Le truppe austriache abbandonano la Bosnia-Erzegovina. Il paese entrerà a far parte del regno di Jugoslavia.

1923, 27 marzo Nasce a Počitelj, presso Mostar, Erzegovina, Sanja Kovačević, figlia di Omer e di Ljuba, e futura madre di Maša.

1935, settembre Muhamed si iscrive alla facoltà di Economia di Belgrado, collabora con le radio locali di Fojnica e Livno e si iscrive al Partito comunista.

1941, 6 aprile Pesante bombardamento tedesco su Belgrado e invasione della Jugoslavia.

1941, 20 giugno Max Altenberg nasce a Zwentendorf sul Danubio, Austria, mentre il padre Hans, sottotenente nato nel Niederösterreich, si prepara a partire per la campagna di Russia. La madre Anna è morava di Olmutz.

1942, aprile Muhamed Dizdarević passa ai partigiani di Tito. Collabora alla creazione dell'Armata popolare jugoslava.

1942, 15 dicembre (data incerta) Sanja perde la madre Ljuba nel lager croato di Jasenovac, dove è stata internata per aiuti ai partigiani. Sanja passa alla Brigata proletaria di Bosnia.

1943, 13 febbraio Muhamed e Sanja si conoscono sul campo di battaglia della Neretva, dove tengono testa alle schiaccianti forze tedesche. Allo scontro partecipa Hans Altenberg, diventato nel frattempo capitano.

1943, 6 aprile Muhamed e Sanja si sposano con rito civile. Un anno dopo avranno la prima figlia, a guerra non ancora finita.

1943, 29 novembre Tito fonda il nuovo governo, Consiglio popolare antifascista per la liberazione della Jugoslavia (AVNOJ).

1945, 8 maggio Resa incondizionata della Germania nazista e fine della guerra in Europa.

1949, 13 gennaio Nasce a Sarajevo Vuk Stojadinović, futuro grande amore di Maša Dizdarević.

1952, 17 novembre A Vrata nasce Maša Dizdarević, terza figlia femmina di Muhamed e Sanja. Prima di lei sono nate Selma e Jasna, poi verranno Azra, Naida e il maschio Kenan.

1968, luglio La famiglia Dizdarević si sposta da Vrata a Sarajevo. Muhamed lavora come economista in istituti bancari.

1969, 17 luglio Max Altenberg sposa Katarina Brunn, di origine slesiana, da cui avrà quattro figli: Andreas, Rafael, Johann e Alexander.

1975, 27 maggio Maša si laurea in pedagogia all'Università di Sarajevo.

1977, 6 maggio Nonno Omer va a morire da solo sui monti sopra Metković e viene trovato grazie alle aquile che volano intorno al suo corpo.

1977, aprile-agosto Maša partecipa alla costruzione della ferrovia da Zenica a Doboj. Scrive sul tema un articolo al giorno per la stampa bosniaca.

1978, febbraio Maša inizia a insegnare pedagogia come assistente all'Università di Sarajevo. Conosce Vuk Stojadinović.

1981, 6 dicembre Maša si fidanza con Vuk. Le nozze sono fissate per il 16 febbraio dell'anno dopo.

1982, 14 febbraio Vuk Stojadinović strangola un'ex amante in una stanza d'albergo. Verrà condannato a quindici anni senza attenuanti.

1983, 15 settembre Maša sposa Duško Todorović, fisico-matematico, dal quale avrà due figlie, Amra nel 1984 e Nadira nel 1985.

1988, aprile Max Altenberg si separa da Katarina Brunn a Vienna.

1991, ottobre L'Armata federale si allea con i serbi di Bosnia e prepara la guerra dell'anno dopo.

1992, marzo Prime azioni di pulizia etnica in Bosnia nella zona di Bijeljina e Zvornik. Fuga in massa di bosgnacchi (bosniaci di cultura turca).

1992, 5 maggio Vuk Stojadinović viene amnistiato e spedito a combattere contro i serbo-bosniaci sopra il Monte Igman.

1992, 7 maggio Maša Dizdarević abbandona il marito e le figlie, che partono per la Russia, e si installa in casa di Vuk, in attesa del suo ritorno dal fronte.

1992, 18 ottobre Vuk Stojadinović resta ucciso da una scheggia di mortaio mentre siede sul divano di casa, alla sua seconda licenza, davanti agli occhi di Maša.

1993, gennaio Maša apre in casa di Vuk una scuola elementare per i bambini allo sbando di Sarajevo.

1995, settembre Cessate il fuoco e avvio delle trattative di pace in Bosnia Erzegovina.

1997, 16 gennaio Max Altenberg conosce Maša Dizdarević nella sua casa di Bistrik a Sarajevo. Pochi giorni dopo, in un ristorante di nome Ragusa lei gli canterà *Le gialle cotogne di Istanbul* ("Žute dunje iz Stambola"). Max torna a Vienna.

1997, settembre Maša va a Mosca a trovare le figlie e l'ex marito. Ci resta oltre un anno.

1999, gennaio Maša torna a Sarajevo, scopre di essere malata di cancro e viene operata una prima volta.

2000, 28 aprile Maša viene nuovamente operata a Vienna grazie all'interessamento di Max Altenberg e trova casa sul colle del Kahlenberg.

2000, 23 settembre Altenberg va a vivere con Maša, che ha iniziato le terapie anche se la guarigione appare difficile.

2001, gennaio-ottobre Maša e Max compiono viaggi in Stiria, a Budapest e in Grecia.

2002, 30 aprile Muore Muhamed Dizdarević e viene sepolto a Vrata. I sopravvissuti della Brigata proletaria assistono alla cerimonia.

2002, settembre Maša e Max passano alcuni giorni a Trieste. È l'ultimo viaggio di lei.

2002, 11 novembre Maša Dizdarević muore all'ospedale di Klosterneuburg mentre Max Altenberg è a Istanbul per lavoro. Viene sepolta sei giorni dopo al cimitero di Bistrik a Sarajevo.

2003, 8 agosto Duško Todorović si risposa a Mosca con Ljudmila Andreevna e si trasferisce con lei in Bosnia.

2004, ottobre-novembre Max Altenberg va a piedi da Vienna a Sarajevo. Il figlio Andreas lo accompagna fino al confine ungherese.

2005, marzo Altenberg pubblica a puntate sulla "Wiener Zeitung" il reportage del suo viaggio, sotto il titolo di *Prinz Eugens Weg*, con grande consenso di lettori.

2005, novembre Il libro di Altenberg, tradotto in serbo, viene presentato alla Fiera del Libro di Belgrado. Nell'occasione Max incontra Amra, la figlia primogenita di Maša.

2006, primavera La tomba di Maša Dizdarević diventa oggetto di culto da parte di misteriosi sconosciuti. Il maestro Richard Stummer, direttore d'orchestra, spedisce a Max una cesta di cotogne della sua tenuta. La canzone *Žute dunje iz Stambola* furoreggia per le strade di Vienna.

2006, 28 dicembre Max prende un treno per Istanbul, via

Belgrado-Sofia-Edirne. Arriva due giorni dopo sul Bosforo. Non avverte nemmeno i figli della sua partenza.

2007, 16 gennaio Max viene trovato morto nel letto della sua stanza all'Hotel de Londres. Il referto medico parla di collasso cardiocircolatorio. Ha appena conosciuto una turca di cui non si saprà mai il nome.

2007, 21 gennaio Il signor Bilgim Senturk raccoglie nelle acque del Mar Nero, presso il Rumeli Feneri, un cartoncino con su scritta una poesia in lingua bosniaca dal titolo *Žute dunje*.

2007, 12 ottobre All'ospedale di Bursa, Turchia, viene registrata la nascita di Dunya Süreyya, figlia della quarantenne Elif. Originariamente il nome era scritto con la "j", ma sopra la lettera c'è una vistosa cancellatura. *Dunya* in arabo significa "il Mondo".

INDICE